新編日語語法
與會話基礎

橫山皖一　編著

鴻儒堂出版社

序　文

　　日本語を初めて学ぶ人のための文法書として中国大陸版、韓国版とローマ字版を5年前に作りました。これらは中国、スリランカ、ミャンマー および日本における外国人に対する日本語初心者教育の実務の中から生まれたものです。

　　さて、鴻儒堂出版社・黄　成業社長のお勧めにより台湾版を作ることにしました。外国人に分かりやすいことを基本にしたので、新しい説明として、イコール文、なに名詞、する名詞などを使っています。また、動詞の変化は英語と違って、例えば過去形の場合、英語は動詞自身が変化しますが日本語では助動詞「 た 」を加えた変化の形で示します。この本で動詞の変化は助動詞と繋がった変化として示してあります。参考までに米国で開発されたローマ字による動詞変化を付録に載せてあります。

　　日本語に丁寧体と普通体の表現があります。これは話し手と聞き手の関係によって使い分けますが、丁寧体を勉強した後で普通体を勉強するのは易しいので、この本は丁寧語表現を使っています。

　　初めて日本語を勉強する人は一章から七章と十章および十六章を先に勉強してから他の章に進んで下さい。

　　また、日本語会話の基礎として会話の本に書いていな

いことを纏めてみました。これは日本人の社会的言語習慣といってよいでしょう。

　この本の作成に多くの日本語関係の本を利用させて頂きましたが、この本は日本語文法初歩の解説書ですから各章ごとの利用文書は表示しておりません、利用文書の簡単な紹介は巻末に纏めてあります。

　なお、この本の中国語繁体字訳は鴻儒堂出版社のご協力によるものですが、本文の総ての責任が小生にあることは当然のことです。

　最後に、小生の家内、佳子に強い感謝を捧げます、中国、スリランカ、ミヤンマー、日本のおける長年の協力なしにこの本を作ることは出来なかったでしょう。

2001年7月　著者

序

　　5年前出版了這本爲初次學習日語的人所寫的文法書，有中國大陸版、韓國版及羅馬字版。這些是針對在中國、斯里蘭卡、孟買以及在日本的外國人的日語初學者教育實務所寫作的。

　　之後，在鴻儒堂出版社黃成業社長的大力勸說之下，決定出版台灣版本。在以外國人容易了解的基本原則下，以新的說明，使用相等句、な・に名詞、する名詞等等。而且日語動詞的變化和英語不同；例如：過去式，英語是動詞本身在變化，但日語動詞則是以加上助動詞「た」的變化來表示。在本書中有寫出動詞與助動詞接續的變化。而在附錄的地方有記載美國所使用的羅馬字的動詞變化。

　　日語有鄭重體和普通體的表現方式。這是依據說話者與聽話者的關係而分別使用；學會鄭重體後再學普通體會比較容易，因此本書使用鄭重體的表現方式。

　　初次學日語的人先從第一章到第七章和第十章以及第十六章開始學起，之後再進入其他章節。

　　另外，本書整理有以日語會話爲基礎而其他會話書籍所沒寫出的部分。這可以說是日本人的社會語言習慣吧！

　　寫這本書時參考很多與日語有關的書，但是由於本書是日語文法初步解說書，無法在各章節一一列出所參考的書籍。只在書末簡單地介紹所參考的書籍。

還有，這本中文繁體字版是鴻儒堂出版社鼎力相助完成的，如有任何不妥之處則全是本人的責任。

　　最後，我要衷心地向我的妻子－佳子表示感謝。要是沒有中國、斯里蘭卡、孟買以及日本長年的協助，本書是無法完成的。

2001年7月　作者

目　次

1 です文1（イコール文1）（です句1〈相等句1〉）

1-1 肯定文（肯定句）

A＝B　AはBです。

　　　（A 是 B。）

AとB：名詞か代名詞（名詞或代名詞）

　　　（2 課参照）（参看第 2 課）

は：助詞（助詞）（10 課参照）（参看第 10 課）

これは文の主題か主語をしめす。

（表示句子的主題或主語）

です：助動詞（助動詞）

　　　（13 課参照）（参看第 13 課）

これは英語のbe 動詞と同じ働きをするが、日本語では動詞ではなく、陳述をするときに使用される。

（相當於英語的 be 動詞、但在日語中不屬於動詞、而用作陳述）

これ（代名）は本（名）です。

（這〈代〉是書〈名〉。）

スミスさん（名）は先生（名）です。

（史密斯〈名〉是老師〈名〉。）

先生（名）は彼（代名）です。

（老師〈名〉是他〈代〉。）

〈写真を友達に見せながら〉。

（一邊給朋友看照片一邊説。）

これ（代名）は私（代名）です。

（這〈代〉是我〈代〉。）

1-2　否定文（否定句）

A≠B　AはBではありません。

　　　（A 不是 B）

これは本ではありません。（這不是書。）

小林さんは先生ではありません。

（小林不是老師。）

友達との間では、「ではありません」の代わりに「じゃありません」が使われます。

（朋友之間，常以じゃありません來代替ではありません。）

これは本ではありません。（丁寧表現）

（這不是書〈鄭重表達法〉。）

これは本じゃありません。（普通表現）

（這不是書〈普通表達法〉。）

1-3　疑問文1（疑問句1）

A＝B＋か　AはBですか。

（A是B嗎？）

日本語で疑問文を作るのは非常に簡単です。語順を変えず、文末に「か」を付けると疑問文になります。

（日語把句子變成疑問句很簡單。不用改變語序，只要在句末加上一個か就可以。）

イントネーションは「か」で上がります。

（か的音調應上升。）

これは本ですか。↑（這是書嗎？）

小林さんは先生ですか。↑

（小林是老師嗎？）

1-4　答え文1（回答句1）

(1)はい（是）、A＝B

　　いいえ（不是）、A≠B

(2)はい、そうです。（是，是那樣。）

　　いいえ、そうではありません。

　　（不，不是那樣。）

(3)はい、そうです。A＝B

　　（是，是那樣。）

　　いいえ、そうではありません。A＝B2

　　（不，不是那樣的。）

　　これは本ですか。（這是書嗎？）

はい、そうです。それは本です。

（是，是的。那是書。）

いいえ、そうではありません。それはノートです。

（不，不是。那是筆記本。）

1-5　疑問文2（疑問句2）

（A＝疑問詞）＋か（A＝疑問詞＋か）

Aは（なん／だれ／どこ）ですか。

（A是〈什麼、誰、哪裡〉呢？）

疑問詞：物・なに／なん、人・だれ／どなた、場所・どこ／どちら　など　2課の2-4（2）参照

（疑問詞：物〈什麼、何〉，人〈誰、哪位〉，場所〈哪裡、何處〉等）（参照第二課的 2-4〈2〉）

疑問詞を使うときも文末には"か"を付けます。疑問詞が主語となる場合は後で説明します。

（使用疑問詞的時候也在句尾加か。疑問詞作主語的情況將在後面加以説明。）

1-6　答え文2（回答句2）

この場合、はい、いいえは使いません。

（這時，不用はい、いいえ。）

答えは、A＝B（回答是 A＝B）

もし知らなければ、　　　（私は）知りません。

（如果不知道的話）　　　（〈我〉不知道。）

⦿ 会話のとき、主語はよく省略されます。

（會話的時候，主語常被省略。）

それは何ですか。（那是什麼？）

これは本です。（這是書。）

彼はだれですか。（他是誰？）

知らないとき、　　　（私は）知りません。

（不知道的時候）　　　（〈我〉不知道。）

⦿ も：助詞（也：助詞）

同じ言葉、表現が繰り返されるとき、初めは「は」を使い、二度目からは「も」を使います。

（重覆同様的語言表達的時候，開始用“は”從第二次起用“も”。）

これは本です。（這是書。）A＝B

これも本です。（這也是書。）A＝B

それは自動車です。（那是汽車。）A＝B

あれも自動車です。（那也是汽車。）C＝B

⦿ 丁寧表現1〜さん（鄭重表達1〜さん）

「さん」は他の人の名前に付ける尊敬を意味する接尾語ですから自分の名前には付けません。

（“さん”是放在別人的名字後面，以示尊敬的接尾詞，在自己名字後不可使用。）

2 形容詞と名詞 I
（形容詞與名詞〈I〉）

2-1　形容詞（形容詞）

形容詞は人や動物や事物の性質、状態および感じを現す言葉です。日本語の形容詞は「い」と「な」で終わる語尾を持つものだけですから、い形容詞、な形容詞と呼ばれています。

（形容詞是表現人、動物或事物的性質、狀態及感覺的詞。日語的形容詞是以“い”與“な”結尾的，所以被稱爲い形容詞、な形容詞。）

い形容詞：赤い（紅的）、青い（藍的）、大きい（大的）、小さい（小的）、長い（長的）、短い（短的）、遅い（慢的）、早い（快的）など（等）

な形容詞：きれいな（美麗的）、安全な（安全的）、便利な（方便的）、親切な（親切的）、危険な（危險的）、元気な（精神的）など（等）

い形とな形の共用（い形與な形兼有）

大きい、小さい、おかしい、細かい、暖かい、柔らかい　など

大きな、小さな、おかしな、細かな、暖かな、柔らかな

など（大的、小的、奇怪的、細的、暖和的、柔軟的　等等）

この「な形」は形容詞＋名詞の場合のみに使われます。

（這種“な形”只用於形容詞＋名詞的時候。）

2-2　形容詞の働き（形容詞的作用）

(1)修飾　形容詞は名詞を修飾します。日本語の場合、形容詞は必ず名詞の前に置かれて、助詞なしで名詞と接続します。

　（修飾：形容詞修飾名詞。在日語中，形容詞必須放在名詞之前，不需助詞，直接與名詞連接。）

(2)述語　形容詞は断定の助動詞「だ」、「です」の前に置かれて、です文の述語となります。

　（謂語：將形容詞放在斷定助動詞“だ”、“です”之前就成為です句的謂語。）

2-3　名詞（名詞）

(1)具体名詞　特定の人・事物などと普通名詞

　（具體名詞　特定的人・事物等的普通名詞）

　例えば山田さん、ロンドン、鉛筆、本、学校など

　（如山田、倫敦、鉛筆、書、學校等。）

(2)抽象名詞　抽象的な考えを示す名詞

（抽象名詞　表示抽象思維的名詞。）

幸福（幸福）、考え（思維）、悲しみ（悲傷）、平和（和平）など

(3) な、に名詞　名詞の中で語尾に「な」を付けると形容詞、「に」を付けると副詞になる名詞をな、に名詞と呼ぶことにします。

（な・に名詞　在名詞中把詞尾加上 "な" 就變成形容詞、加上 "に" 就變成副詞的名詞稱爲な・に名詞。）

きれい（美麗）、立派（出色）、親切（親切）、便利（方便）、静か（安靜）、安全（安全）、危険（危険）など（等）

例外：「同じ」は「な」を付けずに名詞を修飾します。

（例外： "同じ" 不加 "な" 直接修飾名詞）

同じ人、同じ本、同じ会社

（同一個人、同一本書、同一公司）

副詞となるときは、「に」を付けますが、「同じように」と使うことが多い。

（變副詞時可加 "に"、但一般多用 "同じように" 的形式。）

これらは日本文法で形容動詞と呼ばれていますが、この本で「な、に名詞」と呼ぶのは、外国人にとってこの方が解かりやすいからです。また、第2形容詞という人もいます

（這些詞在日語語法中被稱爲形容動詞。在本書中，爲使外國人容易理解，特稱爲 "な・に名詞"。也有人稱這些詞爲第 2 形容詞。）

(4)数詞（6章　時間と数字　参照）

　數詞（請參考第 6 章時間與數字）

2-4　代名詞（代詞）

(1)人称代名詞（人稱代名詞）

日本語における人称代名詞の使用法は社会的地位などに関連して独特で複雑ですが、ここには普通に使われるものを示します。

（日語中人稱代名詞的使用與人的社會地位密切相關，既獨特又複雜，這裡所舉的例子是較常用的一類。）

	〈単数〉單數	複数（複數）
一人称	私（我）	私たち／私ども（謙讓）
	ぼく（我）	（我們〈自謙〉）
		ぼくたち／ぼくら（我們）
二人称	あなた（你）	あなたたち／あなたがた
		（尊敬）（你們〈尊敬〉）
	君（你）	君たち（你們）
三人称	この人／この方	彼ら／彼たち、彼女ら／彼女
	（丁寧）	たち（他們、她們）
	（這個人，這一	

－ 10 －

位〈鄭重〉)

その人／その方

（那個人，那一位）

あの人／あの方

（那個人，那一位）

彼／彼女（他，她）

(2)疑問詞（疑問詞）

人：どちらさま（尊敬）、どの方（丁寧）、どなた、ど
の人、だれ

（人：哪一位〈尊敬〉、哪一位〈鄭重〉、哪位、哪
個人、誰）

物／動物：なに、なん（什麼）

選択（選擇）：どれ（二つ以上）、どちら／どっち（二
つ）

（哪個〈兩個以上〉，哪個〈兩個〉）

場所（場所）：どちら（丁寧）、どこ

（哪一邊〈鄭重〉、哪裡）

状態、様子（狀態、樣態）：どう、どんな、どう＋名詞

（怎樣、怎樣的、怎樣＋名詞）

理由（理由）：なぜ、なんで（爲何、爲什麼。）

時（時間）：いつ／なん〜など（何時／幾〜等）

値段（價格）：いくら（多少錢）

(3)指示代名詞（指示代詞）

こー：話手に近いものを示します。

（指離説話人近的人或物。）

そー：聞き手に近いものを示します。

（指離聽話人近的人或物。）

あー：話し手、聞き手からはなれているものを示します。

（指離説話人、聽説話人都遠的人或物。）

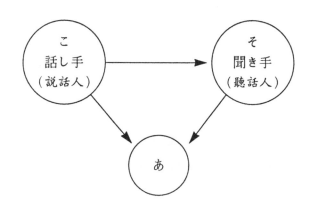

	こ	そ	あ
物（物）	これ	それ	あれ
	（這個）	（那個）	（那個）
方向（方向）	こちら	そちら	あちら
	（這邊）	（那邊）	（那邊）
場所（場所）	ここ	そこ	あそこ
	（這裡）	（那裡）	（那裡）
人（人）ぞんざい	こいつ	そいつ	あいつ
	（這傢伙）	（那傢伙）	（那傢伙）

表現（粗魯
的表達）
指定（所指）この（這個）その（那個）あの（那個）
様子（樣態）こう（這麼）そう（那麼）ああ（那麼）
形容（形容）こんな　　　そんな　　　あんな
　　　　　　　（這樣的）　（那樣的）　（那樣的）

2-5　名詞の複数（名詞的複數）

2-4 人称代名詞に示したように、「 ども、がた、たち、ら 」は複数を作りますが、全ての代名詞に付くことはありません。「 ども 」は謙譲の接尾語で一人称の「 私 」だけに付きます。「 がた 」は丁寧の接尾語で二人称の「 あなた 」に付きます。「 たち 」は「 ら 」より丁寧な言い方です。

（在 2-4 人稱代名詞部分講過 "ども、がた、たち、ら" 可構成複數。但並不是說，它們可與任何代名詞連用。"ども" 是表示自謙的接尾詞，只用於第一人稱 "我" 後面。"がた" 是表鄭重的接尾詞，用於第二人稱 "你" 後。"だち" 比 "ら" 語氣更鄭重一些。）

これらの接尾語は人に関する名詞に付いて複数を作ることがあります。

（這些接尾詞可接在表示人的名詞後，構成複數。）

　先生（先生〈老師〉）→ 先生がた、先生たち

（先生們（老師們））

奥様（夫人）→ 奥様がた、奥様たち（夫人們）

生徒（學生）→ 生徒たち、生徒ら（學生們）

子供（孩子）→ 子供たち、子供ら（孩子們）

ある名詞は、その言葉を繰り返すことに依って複数を作ります。

（有的名詞可以使之重複，構成複數。）

山 → 山々　家 → 家々　人 → 人々

一般的に言うと日本語の名詞は、上のような例の他にあまり複数を示す形はありません。単数形が複数のときにも使用されますから、日本語の文法では単数、複数の区分は余り重要ではありません。

（一般來説日語的名詞、除了以上所列複數形式外，沒有其他的複數表現形式。單數形式有時也可表示複數，所以在日語語法中單數與複數的區分並不很重要。）

例えば、次の文はどちらも認められます。

（例如，以下句子二者均成立。）

先生は三人です。（老師有三個人。）

先生がたは三人です。（老師有三個人。）

2-6　名詞の働き（名詞的作用）

(1)主語　名詞は助詞「は、が、も」を後に付けて主語を示します。な、に名詞の中には、主語となれな

いものもあります。

（主語　名詞後面加上助詞は、が、も表示主語。な・
に名詞中有一些不能作主語。）

　　学校はあそこです。（學校在那裡。）

　　雨が降ります。（下雨了。）

　　あしたも雨です。（明天也是雨天。）

(2)目的　助詞「を」を後に付け直接目的「に」を付け
　　　　て間接目的を示します。

（賓語　名詞後面加助詞を表示直接賓語，加上に表示
間接賓語。）

　　私は彼に本をあげます。（我把書給他。）

(3)修飾　助詞「の」を伴って「の」の後にくる名詞を修
　　　　飾します。

（修飾　和助詞"の"一起修飾"の"後面的名詞。）

(4)述語　断定の助動詞「だ」「です」の前にきて、です
　　　　文の述語となります。

（謂語　在斷定助動詞だ、です的前面構成です句的謂
語。）

2-7　形容詞＋名詞（形容詞＋名詞）

大きい＋自動車 →→ 大きい自動車

（大的＋汽車 → 大汽車）

赤い＋えんぴつ→→ 赤いえんぴつ

（紅色的＋鉛筆 → 紅鉛筆）

きないな＋花 →→ きれいな花

（美麗的＋花 → 美麗的花）

親切な＋人 →→ 親切な人

（親切的＋人 → 親切的人）

例外　遠い、近い、多い→→～くの＋名詞

　　　　遠くの山、近くの本屋、多くの学生

（例外：遠的、近的、多的 →～くの＋名詞：遠山、附
近的書店、很多學生。）

2-8　い形容詞＋形容詞（い形容詞＋形容詞）

い形容詞（ーーい→→ーーくて）＋形容詞

大きい＋赤い→→ 大きくて赤い

（大的＋紅的 → 又大又紅的）

小さい＋早い→→ 小さくて早い

（小的＋快的 → 又小又快）

早い＋安全な→→ 早くて安全な

（快的＋安全的 → 又快又安全）

いい＋安い→→よくて安い

（好的＋價廉的 → 物美價廉）

「いい」は特別の変化をします。

（"いい"有特殊變化）

いい→→よくて

2-9　い形容詞＋形容詞＋名詞
（い形容詞＋形容詞＋名詞）

赤い＋小さい＋自動車 →→ 赤くて小さい自動車

（紅的＋小的＋汽車 → 紅色的小汽車）

安い＋安全な＋バス→→ 安くて安全なバス

（便宜的＋安全的＋公共汽車 → 又便宜又安全的公共汽車）

2-10　な形容詞＋形容詞（な形容詞＋形容詞）

な形容詞（ーーな→→ーーで）＋形容詞

きれいな＋親切な→→きれいで親切な

（漂亮的＋和藹的 → 又漂亮又和藹的）

有名な＋立派な→→ 有名で立派な

（有名的＋優秀的 → 又有名又優秀的）

安全な＋早い→→ 安全で早い

（安全的＋快的 → 又安全又快）

2-11　な形容詞＋形容詞＋名詞
（な形容詞＋形容詞＋名詞）

立派な＋親切な＋人 →→ 立派で親切な人

（優秀的＋和藹的＋人 → 又優秀又和藹的人）

便利な＋安い＋自動車 →→ 便利で安い自動車

（方便的＋廉價的＋汽車 → 又方便又廉價的汽車）

2-12　名詞＋名詞

名詞は助詞なしに接続させることはできません。

（沒有助詞，名詞和名詞不能連接。）

(1)修飾　助詞「の」を使います。

　（修飾　使用助詞の）

A　所属、性質、状態を示します。

　　（表示所屬、性質、狀態。）

所属　小学校の先生（所屬－小學校的老師）

性質　金のくさり（性質－金的鏈子。）

状態　雨の朝（狀態－下雨的早晨。）

この「の」は英語のof、英語の場合は、修飾語の位置が後になります。

（這個の相當於英語的 of，但英語的修飾語位置在後。）

　　A teacher of the primary school.

　　（小學校的老師）

B　所有（所有）

　　それは私の本です。（那是我的書。）

　　これは先生のめがねです。（這是老師的眼鏡。）

(2)並立　助詞「と」を使います。

（並列　使用助詞 "と"）

お父さんとお母さん（父親和母親）

本とえんぴつとボールペン

（書和鉛筆和原子筆）

この「と」は英語の「and」と同じ働きです。

（這個 "と" 相當於英語的 "and"。）

A father and mother.（父親和母親。）

2-13　な、に名詞＋な、に名詞

この場合、名詞＋名詞を並立で接続する「と」の代わりに「で」を使います。（這時，用 "で" 來代替連接名詞和名詞的助詞 "と"。）

きれい＋親切 →→ きないで親切

（漂亮＋和藹 → 又漂亮又和藹的）

安全＋便利 →→ 安全で便利

（安全＋方便 → 又安全又方便）

◉ 丁寧表現 2〜さま（鄭重表達 2〜さま）

「さま」は「さん」よりもっと丁寧な表現です。

（さま比さん更鄭重。）

これは人の名前および人に関連する名詞と二人称代名詞、「あなた」に付けられます。（它用於人名及表示人的名詞、第二人稱代詞あなた等詞後面。）

吉田　　　　　→→ 吉田さま　（吉田先生）

奥さん　　　　→→　奥さま　　（夫人）

おじょうさん →→おじょうさま　　（小姐）

お子さん　　　→→お子さま　　（孩子）

おじさん　　　→→おじさま　　（叔叔）

おばさん　　　→→おばさま　　（阿姨）

お客さん　　　→→お客さま　　（客人）

　　X　　　　　　あなたさま　　（您）

あなたさんは一般に使用されません。

（一般不説“あなたさん”。）

⊙ 在中文裡「さん」与「さま」的区別無法表現。只要記住「さま」的用法比「さん」来得更加鄭重即可。

3 です文2（イコール文2）
（です句-2〈相等句2〉）

3-1 肯定文（肯定句）

A＝（な、に名詞）　Aは（な、に名詞）です。
↓
A＝B　　　　　　　A是（な、に名詞）。
これはきれいです。（這很漂亮。）
あの自動車は安全です。（那個汽車很安全。）

3-2 否定文（否定句）

A≠B　Aは（な、に名詞）ではあません。
これはきれいではありません。（這個不漂亮。）
彼の家はりっぱではありません。
（他的家不氣派。）

3-3 疑問文1（疑問句1）

(A＝B)＋か　Aは（な、に名詞）ですか。

3-4 答え文1（回答句1）

はい、A＝（な、に名詞）
はい、彼女はきれいです。（是的，她很漂亮。）
いいえ、A≠（な、に名詞）
いいえ、彼女はきれいではありません
（不，她不漂亮。）

3-5 疑問文2（疑問句2）

（A＝疑問詞）＋か
［A＝（疑問詞＋B）］＋か
疑問詞「どう、どんな」は、人や動物や事物の性質、状
態、感じを聞くときに使われます。
（疑問詞どう、どんな用於詢問人，動物或事物的性質、
狀態、感覺等。）
この自動車はどうですか。（這個汽車怎麼樣？）
その本はどんなですか。（那個書是什麼樣的？）
「どんな」は名詞と一緒に使われることが多い。
（どんな多與名詞一起使用。）
先生の犬はどんな犬ですか。
（老師的狗是什麼樣的狗呢？）
新しい先生はどんな人ですか。

（新老師是什麼樣的人呢？）

3-6　答え文2（回答句2）

「どう、どんな」のとき、A＝形容詞

（用どう、どんな提問時，A＝形容詞）

あの映画はどうですか。（那部電影怎麼樣？）

（あれは）おもしろくてきれいです。

（〈那個〉又有趣又漂亮。）

どんな＋名詞のとき、A＝形容詞＋名詞

（「どんな」＋名詞的回答是，A＝（形容詞＋名詞））

それはどんな本ですか。（那是什麼樣的書？）

これはきれいな本です。（這是本很漂亮的書。）

これは安くて面白い本です。

（這是又便宜又有趣的書。）

4 です文3（イコール文3）（です句3〈相等句3〉）

4-1　肯定文（肯定句）

A＝（い形容詞）　Aは（い形容詞）です。
　　　　　　　　　　（A是〈い形容詞〉。）
花は赤いです。（花是紅色的。）
この鉛筆は青いです。（這個鉛筆是藍色的。）
その紙は大きいです。（那張紙很大。）
私の犬は小さいです。（我的狗很小。）
◉「これ、それ、あれ」は名詞を修飾するとき、それぞれ「この、その、あの」となります。
　（これ、それ、あれ在修飾名詞的時候，變成この、その、あの。）

4-2　否定文（否定句）

A≠（い形容詞）　Aは（い形容詞〜く）ないです。
否定のとき、い形容詞の語尾「い」は「く」に変化します。
（在表示否定時，い形容詞的語尾い變成く。）

肯定　　　　　　　　否定

Aは〜い　です。　　　Aは〜く　ないです。

赤いです。　→→ 赤くないです。　紅 → 不紅。

青いです。　→→ 青くないです。　藍 → 不藍。

大きいです。→→ 大きくないです。大 → 不大。

いいです。　→→よくないです。　好 → 不好。

◉「いい」→→「よく」は例外の変化です。

　（いい→よく是特殊變化。）

◉「Aは〜くないです。」の代わりに「Aは〜くありま
　せん。」のように使われることがあります。

　（可用 Aは〜くありません 來代替 Aは〜くないです。）

　これは赤くないです。→→これは赤くありません。

　（這不是紅色的。）

4-3　疑問文1（疑問句1）

A＝（い形容詞）＋か。（Aは　い形容詞ですか。）

これは赤いですか。（這是紅色的嗎？）

それは美味しいですか。（那個好吃嗎？）

4-4　答え文1（回答句1）

はい、A＝（い形容詞）

はい、それは赤いです。（是的，那是紅色的。）

いいえ、A≠（い形容詞〜く形）
いいえ、これは美味しくないです。
（不，這不好吃。）

4-5　疑問文2（疑問句2）

A＝（疑問詞）＋か。
（A＝〈疑問詞〉＋か）
A＝（疑問詞＋名詞）＋か。
（A＝〈疑問詞＋名詞〉＋か）
Aは「どう、どんな」ですか。
（A是どう、どんな嗎？）
Aは「どんな」＋名詞ですか。
（A是「どんな」＋名詞嗎？）
その自動車はどう／どんなですか。
（那輛汽車怎麼樣？）
彼女の犬はどんな犬ですか。
（她的狗是什麼樣的狗？）

4-6　答え文2（回答句2）

「どう、どんな」のとき、
A＝（い形容詞／な、に名詞）
（用どう、どんな提問的時候、

A＝〈い形容詞／な、に名詞〉）

その自動車は小さくて早いです。

（那輛汽車又小又快。）

その自動車は安全です。（那輛汽車（很）安全。）

「どんな」＋（名詞）のとき、

A＝（形容詞）＋（名詞）

（どんな＋〈名詞〉的回答是：A＝〈形容詞〉＋〈名
詞〉）

彼女の犬は大きい犬です。（她的狗是大狗。）

彼女の犬はきれいな犬です。

（她的狗是漂亮的狗。）

◉い形容詞の特別の使い方（い形容詞的特殊用法）

い形容詞は肯定形のとき、断定の助動詞「だ、です」
の働きを持っているから次のように使うことができま
す。

（い形容詞的肯定形式，有斷定助動詞だ、です的作
用，所以，可以如下使用。）

その花は赤い。（那個花是紅色的。）

このカバンは新しい。（這個包包是新的。）

富士山は高い。（富士山高。）

この山は低い。（這個山低。）

この山々は低い。（這些山低。）

この場合、い形容詞は動詞と同じ様な働きを持ってい
ると言えます。

（在這種情況下，可以説い形容詞與動詞有同樣的作用。）

5 ■ あります、います文〈存在文〉 〈あります、います句〈存在句〉〉

5-1 肯定文（肯定句）1型と2型

1型

Aは　Bに　あります／います。（A在B那裡。）
時計(とけい)は壁(かべ)にあります。（鐘在牆上〈掛著〉）
犬は机(つくえ)の下にいます。（狗在桌子底下。）

2型

Bに　Aが　あります／います。（B那裡有A。）
壁に時計があります。（牆上掛著鐘。）
机の下に犬がいます。（桌子底下有狗。）
A：名詞／代名詞
B：場所、建物、位置を示す名詞
　　（表示地點、建築物、位置的名詞）
　　場所、位置を示す代名詞
　　（表示地點、位置的代詞）
　ここ、そこ、あそこ、こちら、そちら、あちら　など
　　（這裡、那裡、這邊、那邊等。）
主語となる名詞Aが植物、鉱物(こうぶつ)（事物）のとき、「あります」を、主語となる名詞Aが人、動物のときは「います」を使います。

（作主語的名詞 A 是植物，礦物〈事物〉的時候，用
"あります"，而作主語的名詞 A 是人、動物的時候
用"います"。）

に：存在の場所、位置を示す助詞

（に：表示存在的地點、位置的助詞）

が、は：主語を示す助詞

（が、は：表示主語的助詞）

「あります、います」は動詞「ある、いる」の「ます
の形」、丁寧形。（あります、います是動詞ある、い
る的ます形、鄭重形。）

ある（辞書の形）は事物の存在を示す動詞。

（ある〈辭典形〉是表示植物、事物存在的動詞。）

いる（辞書の形）は人、動物の存在を示す動詞。

（いる〈辭典形〉是表示人、動物的存在的動詞。）

辞書の形 (DF)は辞書に載っている形で、この形を知
らないと辞書が利用できません。（辭典形 (DF)：是
辭典裡採用的形式，如不了解這種形式就無法查辭
典。）ますの形（ますF）は動詞変化形の一つで、丁
寧表現です。（ます形（ますF）：是一種動詞變化形
之一，是鄭重表達。）

DF、ますFは動詞文 7 課 7-6 参照

（DF、ますF 可参照動詞句 7 課 7-6）

箱の中に切手がある／あります。（箱子裡面有郵票。）
彼は学校にいる／います。（他在學校。）

◉「 ある、いる 」は普通表現として友達との間などで使われます。

（ ある、いる常作爲普通表達用於朋友之間的會話當中。）

◉ 例外：

1.「 います 」は動く物に使うことがあります。

（ います有時也用於運動的物體。）

橋の上に赤い自動車がいます。

（ 橋上有紅色的汽車。）

2. 人、動物も死んだときは物になるから、「 あります 」を使います。

（ 人、動物在死了以後，也變成了物體，所以使用あります。）

今日、魚屋に新しいマグロがあります。

（ 今天、魚店裡有新鮮的金槍魚 ）

5-2　否定文（ 否定句 ）

1 型　Aは　Bに　ありません／いません。

（ A 不在 B 那裡。）

時計は壁にありません。（ 鐘不在牆上。）

犬は机の下にいません。（ 狗不在桌子底下。）

2 型　Bに　Aは　ありません／いません。

（ B 那裡沒有 A。）

壁に時計はありません。（牆上沒有鐘。）

机の下に犬はいません。（桌子底下沒有狗。）

⊙ 否定の答えのとき、2型の主語＋助詞は「が」から「は」に変わります。

（回答是否定時，2型中的助詞由が變爲は。）

5-3 疑問文（疑問句）

1型-1　Aは　Bに　あります／います＋か。

　　　（A在B那裡嗎？）

時計は壁にありますか。（鐘在牆上嗎？）

犬は机の下にいますか。（狗在桌子底下嗎？）

1型-2

(2a) Aは　何処に　あります／いますか。

　　　（A在哪裡？）

時計は何処にありますか。（鐘在哪裡？）

犬は何処にいますか。（狗在哪裡？）

(2b)（事物）何が　Bに　ありますか。

　　　（〈事物〉什麼在B那裡？）

何が壁にありますか。（什麼在牆上？）

(2c)（動物）何が　Bに　いますか。

　　　（〈動物〉什麼在B那裡？）

何が机の下にいますか。（什麼在桌子底下？）

(2d)（人）だれが　Bに　いますか。

（〈人〉誰在 B 那裡？）

だれが教室にいますか。（誰在教室裡？）

◉ 疑問詞が主語となるとき、いつも助詞「が」を使います。

（疑問詞做主語時，任何時候都應使用助詞が。）

2型-1　Bに　Aが　あります／います＋か。

（B 那裡有 A 嗎？）

壁に時計がありますか。（牆上有鐘嗎？）

机の下に犬がいますか。（桌子底下有狗嗎？）

2型-2

(2e)Bに（何／誰）が　あります／います＋か。

（B 那裡有〈什麼、誰〉？）

（事物）壁に何がありますか。

（〈事物〉牆上有什麼？）

（動物）机の下に何がいますか。

（〈動物〉桌子底下有什麼？）

（人）教室にだれがいますか。

（〈人〉教室裡有誰？）

(2f)どこに（事物）がありますか。

（哪裡有〈事物〉？）

何処に時計がありますか。（哪裡有鐘？）

(2g)どこに（人、動物）が　いますか。

（哪裡有〈人，動物〉？）

何処に犬がいますか。（哪裡有狗？）

5-4　答え文（回答句）

1 型 -1　はい、AはBにあります／います。
　　　　　（是的，A在B那裡。）
　　　　　いいえ、AはBにありません／いません
　　　　　（不、A不在B那裡。）

1 型 -2

　(2a)AはBにあります／います。（A在B那裡。）
　　　　（私は）知りません。（〈我〉不知道。）

　(2b) 事物が場所にあります。（事物在地點。）
　　　　（私は）知りません（〈我〉不知道。）

　(2c) 動物が場所にいます。（動物在地點。）
　　　　（私は）知りません（〈我〉不知道。）

　(2d) 人が場所にいます。（人在地點。）
　　　　（私は）知りません（〈我〉不知道。）

⊙ 疑問文（主語＋が）のときの答え文は主語＋「が」
　となるから、1 型の場合でも「が」を使います。
　（疑問句〈主語＋が〉的時候，回答句是主語＋が，所
　以即使 1 型的情況下也使用 "が"。）

2 型 -1　はい、BにAがあります／います。
　　　　　（是的，B那裡有 A。）
　　　　　いいえ、BにAはありません／いません。
　　　　　（不，B那裡沒有 A。）

2型 -2

(2e) 肯定　BにAがあります／います。

　　　　　（B那裡有 A。）

　　　否定

　　　　　（事物）何もありません。

　　　　　（〈事物〉什麼也沒有。）

　　　　　（動物）何もいません。

　　　　　（〈動物〉什麼也沒有。）

　　　　　（人）誰もいません。

　　　　　（〈人〉誰也沒有。）

(2f) 肯定　Bに（事物）があります。

　　　　　（B那裡有〈事物〉。）

　　　否定　何処にもありません。

　　　　　（叩裡也沒有。）

(2g) 肯定　Bに（人、動物）がいます。

　　　　　（B那裡有〈人、動物〉。）

　　　否定　何処にもいません。（哪裡也沒有。）

◉ 疑問詞が否定文の答えに使われるとき、助詞「も」
　が使われます。（否定回答中使用疑問詞時要使用助詞
　も。）

　（場所）何処にもありません／いません。

　（〈場所〉哪裡也沒有。）

　（物）何もありません。（〈物〉什麼也沒有。）

　（人）誰もいません。（〈人〉誰也沒有。）

⊙ 存在の有無を確認する「か」（確認存在與否的「か」）

「何か／誰か／何処か」の場合は、「はい、いいえ」を使用します。（「何か／誰か／何處か」的時候，使用「はい、いいえ」。）

そこに何か／誰か　ありますか／いますか。

（那裡有什麼／誰嗎？）

はい、あります／います。（是的，有。）

いいえ、何もありません／だれもいません。

（不，什麼也沒有／誰也沒有。）

⊙ 存在内容確認する「が」

（確認存在内容的が）

何がありますか／いますか。（有什麼？）

⊙ 助詞「は」と「が」（助詞は與か）

「は」は主題や主語を示すときに使われます。助詞としての「は」は「wa」と発音します。しかし、「は」の代わりに「わ」を使うことは認められません。今までに勉強したことを整理しました。

（は用於提示主題或主語，做爲助詞的は發音是 wa。但是，不能用わ代替は。現將以上所學內容整理如下。）

主語＋「は」と「が」（主語＋は或が）

「は」の使われるとき（使用は的時候。）

1.です文（イコール文）（です句〈相等句〉）

2.あります／います文１型

（あります／います句１型）

3. 否定文（否定句）

「が」の使われるとき（使用が的時候）

1. あります／います文。２型

（あります／います句２型）

2. 疑問詞が主語となるとき（疑問詞作主語）

3. 主語＋「が」の形の疑問のとき、肯定の答え文は「が」を使います。

（主語＋が型的疑問句，肯定回答也用が。）

学校に先生がいますか。（學校裡有老師嗎？）

はい、（学校に）先生がいます。

（是的，〈學校裡〉有老師。）

いいえ、先生はいません。（不，沒有老師。）

どの方が先生ですか。（哪一位是老師呢？）

あの方が先生です。（那一位是老師。）

◉ 話などで、初めに出て来る主語には「が」を使い、二度目からは「は」を使います。

（説話中，第一次出現的主語應使用が，從第二次開始應使用は。）

昔、おじいさんがいました。このおじいさんは百歳でした。

（從前，有位老爺爺。這位老爺爺的年齡是一百歳。）

お客様がおいでになりました。お客様は客間にお

通ししておきました。

（客人光臨了。〈我讓〉客人在會客室裡等候了。）

助詞「は」と「が」のより詳しい使い方は10章助詞を見て下さい。

（助詞は與が的更詳細的使用方法，請参照第 10 章助詞。）

6 時間、時間の言葉、数字（時間、時間用語、數字）

6-1　数字

日本語には二つの数字系列があります。
（日語有二種数字系列。）

和語系列（和語系列）		漢語系列（漢語系列）
一　ひとつ	1	いち
二　ふたつ	2	に
三　みっつ	3	さん
四　よっつ	4	し／よん
五　いつつ	5	ご
六　むっつ	6	ろく
七　ななつ	7	しち／なな
八　やっつ	8	はち
九　ここのつ	9	く／きゅう
十　とお	10	じゅう

6-2　時間、時間の言葉と数の使い方（時間、時間用語與數字的使用法）

(1)時間、時間の言葉、数は助詞無しで使います。

（時間、時間用語、数字可不用助詞。）

今、10時半です（現在10點半了。）

父は明日来ます／行きます。（父親明天來／去。）

私は去年ロンドンに行きました。

（我去年去了倫敦。）

母は毎日お寺に行きます。（母親每天去寺院。）

彼女はビールを2杯飲みました。

（她喝了2杯啤酒。）

この池に赤い魚が2匹と黒い魚が5匹います。

（這個池塘裡有2條紅魚和5條黑魚。）

(2)例外として助詞を付けるのは

（做爲例外使用助詞的有）

時間を特定したり、順序を示すとき

（確定時間或提示順序的時候。）

兄は8時に帰ります。（哥哥8點回來。）

毎朝、私は7時に起きます。

（每天早晨我7點鐘起床。）

石原さんは三番目に入ってください。

（石原先生請站到第三位。）

金さんは一番になりました。（小金成了第一名。）

(3)時間と数字の中に名詞として使われるものがあります。（時間和數字中也有被當作名詞來使用的。）

彼の誕生日は三日です。（他的生日是三號。）

あなたは三番目です。（你是第三名。）

6-3　時と数字の言葉（時刻與數字用語）

時間の言葉（時間用語）　　　(1)期間（期間）

時間と数字

（時間與數字）　　　　　　　(2)時間（時間）

　　　　　　　　　　　　　　(3)数字（數字）

数字の言葉（數字用語）　　　(4)数量（數量）

　　　　　　　　　　　　　　(5)順序（順序）

(1)春、夏、秋、冬、夜、昼、〜時間（〜小時）、〜カ月（〜個月）、〜週間（〜星期）、昔（過去）、毎日（毎天）、いつも（經常）など（等）

(2)八時（8點）、一月（一月）、一時五分（一點五分）など（等）

(1)と(2)ある時間の言葉は(1)または(2)として使います。

（(1)和(2)有些時間用語可做爲(1)或(2)來使用。）
　午前（上午）、午後（下午）、朝（早晨）、晩（晩上）、先月（上個月）、来週（下星期）、昨日（昨天）、今日（今天）、〜頃（〜時候）など（等）

(3)1, 2, 3, 4, 5, 6……

(4)全部（全部）、半分（一半）、十分（充分）、少し（稍微，一點兒），〜メートル（〜米）、〜人（〜個人）など（等）

(5)三度（三回）、一番（第一）、二号（二號）など

（等）

6-4　時と数字の言葉のつながり
　　　（時刻與數字用語的連接）

(1)時間 ／ 数字＋の＋時間 ／ 数字

　　今年の春（今年春天）、朝の八時（早上８點）

(2)時間 ／ 数字＋動詞、時間 ／ 数字＋に＋動詞

　　私は半分食べます。（我吃一半。）

　　弟はもう一冊読みました。（弟弟已經看完一本了。）

　　学校は九時に始まります。（學校九點開始上課。）

(3)時間 ／ 数字＋名詞＋助詞＋時間 ／ 数字または時間
　　／ 数字＋に＋動詞（時間 ／ 數字＋名詞＋助詞＋時間
　　／ 數字或時間 ／ 數字＋に＋動詞）

　　私は昨日ビールを三ばい飲みました。

　　（我昨天喝了三杯啤酒。）

　　姉は明日学校に八時に行きません。

　　（姐姐明天８點不去學校。）

6-5　数の数え方（數字的數法）

日本の数字を数えるとき、四桁で分けると非常に分り
やすく、覚えるのに便利です。（數日語數字的時候，分
成四位數來念就容易理解，且便於記憶。）

1	いち（一）	1,0000	いちまん	（一萬）
10	じゅう（十）	10,0000	じゅうまん	（十萬）
100	ひゃく（百）	100,0000	ひゃくまん	（百萬）
1000	せん（千）	1000,0000	せんまん	（千萬）

四桁で区切ると、次のようになります。

（分成四位數來數，如下所示）

1,0000,0000	一億（おく）
1,0000,0000,0000	一兆（ちょう）
1,000,0000,0000,0000	一京（きょう）

6-6 頃（ごろ）、位（くらい、ぐらい）

ごろは大体の時を示す接尾語，くらい、ぐらいは大体の
程度を示す接尾語

（ごろは表示大概的時間的接尾詞，くらい、ぐらいは表
示大概的程度的接尾詞。）

(1)月と時間（月與時間）

二月ごろ（二月份左右）、五時ごろ（五點左右）

去年の今ごろ（去年的現在這個時候）

(2)期間、数量、程度、比較

（期間、數量、程度、比較）

一ケ月ぐらい（一個月左右）、十個ぐらい（十個左右）

どのくらい（多少）、そのくらい（那些）

象くらい大きい（如象一般大）

6-7　毎（まい）

接頭語　英語のEveryの意味を付け加えます。

（接頭詞，含有英語 Every 的意思。）

毎朝（每天早晨）、毎日（每天）、毎週（每星期）、
毎月（每個月）、毎年……

6-8　人、動物、事物などの数え方
##　　　（人、動物及事物的數法）

人、動物、事物は例外を除き、漢語系の数字＋助数詞
（接尾語）を使います。

（人、動物、事物除了特殊情況外一般用漢語系的數字＋
助動詞〈接尾詞〉。）

〜人（にん）：人に使用、一、二、四は和語系数字

　　　　　　　　（用於數人，一、二、四是和語系數
　　　　　　　　字。）

〜匹（ひき）：小さい動物、魚、虫

　　　　　　　　（用於小動物、魚、蟲。）

〜頭（とう）：大きい動物（用於大動物。）

〜羽（わ）：鳥と兎（用於鳥與兔子。）

〜枚（まい）：紙、板、シャツ、貨幣のように薄く平ら

　　　　　　　　なもの（用於紙、木板、襯衫、貨幣類薄

而平的東西。）

〜本（ほん）：木、鉛筆、傘、瓶、バナナのように細く
　　　　　　　　て、長いもの（用於樹木、鉛筆、傘、瓶
　　　　　　　　子、香蕉等細長物體。）

〜冊（さつ）：本、辞書、雑誌（用於書、辭典、雜誌
　　　　　　　　等。）

〜通（つう）：手紙、電報（用於信件、電報等。）

〜台（だい）：カメラ、テレビ、自動車などの工業生
　　　　　　　　産品（用於相機、電視機、汽車等工業產
　　　　　　　　品。）

〜足（そく）：靴、靴下（用於鞋，襪子等。）

〜着（ちゃく）：洋服など（用於服裝等。）

〜杯（はい）：スプーン、コップ、カップ、ポットに入っ
　　　　　　　　た物（用於數裝在勺子、杯子、茶壺等物
　　　　　　　　裡的東西。）

〜切れ（きれ）：肉、魚、ケーキなどの切った物、8、9、
　　　　　　　　10以外は和語系数字
　　　　　　　　（用於數切好的魚，肉、蛋糕等物，
　　　　　　　　8、9、10以外用和語數字。）

〜軒（けん）：家（用於數房屋。）

〜個（こ）：リンゴ、じゃがいも、石など小さな固形物
　　　　　　　　（用於蘋果，土豆、石頭等小的固體物。）

〜つ：使い方は「個」と同じですが、和語系数字を使用
　　　　（使用方法與個相同，但用和語系數字。）

⊙この数字と助数詞の接続に、例えば人：ひとり、ふた
り、さんにん……小動物：いっぴき、にひき、さんび
き……のように規則的でないものもありますから付録
の助数詞を参照願います。（數字與助數詞的連接，像
人：ひとり、ふたり、さんにん……；小動物：いっぴ
き、にひき、さんびき……這樣有規則的數法以外，還
有不規則的，請參照附錄助數詞。）

6-9　時間、日、月

	分（ふん）	時（じ）	時間（じかん）
？	なんぷん	なん時	なん時間
	幾分	幾點	幾個小時
1	いっぷん	1時（いちじ）	1時間
	1分	1點	1個小時
2	にふん	2時（にじ）	2時間
	2分	2點	2個小時
3	さんぷん	3時（さんじ）	3時間
	3分	3點	3個小時
4	よんぷん	4時（よじ）	4時間
	4分	4點	4個小時
5	ごふん	5時（ごじ）	5時間
	5分	5點	5個小時
6	ろっぷん	6時（ろくじ）	6時間

		6分	6點	6個小時
7	ななふん		7時(しちじ)	7時間
		7分	7點	7個小時
8	はっぷん		8時(はちじ)	8時間
		8分	8點	8個小時
9	きゅうふん		9時(くじ)	9時間
		9分	9點	9個小時
10	じゅっぷん		10時(じゅうじ)	10時間
		10分	10點	10個小時
11	じゅういっぷん		11時(じゅういちじ)	11時間
		11分	11點	11個小時
12	じゅうにふん		12時(じゅうにじ)	12時間
		12分	12點	12個小時

別な読み方（另外的讀法）

4	よんぷん	4分	
7	しちふん	7分	（ななじかん）7個小時
8	はちふん	8分	
10	じっぷん	10分	

から（助詞）：時間、期間、距離の始まりを示す。
　　　　　　　（表示時間、期間、距離的起始。）

まで（助詞）：終わりを示す。期間、距離の時は、～から～までと一緒に使うことが多い
　　　　　　　（表示結束。表示期間、距離的時候，常以～から～まで的形式使用。）

映画館（えいがかん）は5時から入れます。

（電影院５點開始可以入場。）

学校は9時から3時までです。

（學校上課時間從９點到３點。）

ここからそこまで計ってください。

（請把從這裡到那裡〈的距離〉量一下。）

東京（とうきょう）から大阪（おおさか）まで幾（いく）らですか。

（從東京到大阪〈的車票〉多少錢？）

ちょうど（副詞）：時間に端数（はすう）のないときに使います。
　　　　　　　　このことから、対象が話（はな）し手の意図（いと）
　　　　　　　　と一致（いっち）するときにも使います。

　　　　　　　　（時間上沒有偏差的時候被使用。談
　　　　　　　　及對象與説話人意圖一致時也使用。）

　今、ちょうど3時です。（現在正好三點。）

　この靴はちょうどいいです。（這個鞋正合適。）

半：二分の一の意味で、時の場合は30分の代わりに使
　　われます。

　　　　（表示二分之一，表時間時代替30分使用。）

　12時半（12點半）、3時半（3點半）

午前（上午）、午後（下午）

この午前、午後は時の前に置いて、英語のam，pmのよ
うに時の後（うし）ろに置かないよう注意すること。

（這個"上午"、"下午"應放在時間的前面，而不能像
英語 am，pm 那樣放在後面。）

午前十時（上午10點）、午後三時半（下午3點半）
前：基準になっている時に、まだなっていない状態

　　（表示還未到基準時間的狀態）

過ぎ：基準時を越えている状態

　　（表示超過了基準時間的狀態。）

　10時5分前（差5分10點）、

　10時5分過ぎ（10點過5分）

(2)月と日（月和日）

	月	日	
？	なん月	なん日	
	（がつ）	（にち）	
	幾月	幾口	
1	一月	1日	16日
		（ついたち）	（にち）
2	二月	2日（ふつか）	17日
3	三月	3日（みっか）	18日
4	四月	4日（よっか）	19日
	（しがつ）		
5	五月	5日（いつか）	20日
			（はつか）
6	六月	6日（むいか）	21日
			（にち）
7	七月	7日（なのか）	22日
8	八月	8日（ようか）	23日

9	九月	9 日 （ここのか）	24 日 （にじゅうよっか）
10	十月	10 日 （とうか）	25 日 （にち）
11	十一月	11 日（にち）	26 日
12	十二月	12 日	27 日
		13 日	28 日
		14 日 （じゅうよっか）	29 日
		15 日 （にち）	30 日
			31 日

6-10　過去、現在、未来の言葉
（表示過去、現在、將來的用語）

過去		現在
一昨日（前天） （おととい）	昨天（昨天） （きのう）	今日（今天） （きょう）
先先週 （上上個星期） （せんせんしゅう）	先週（上個星期） （せんしゅう）	今週（這個星期） （こんしゅう）
先先月（上上個月） （せんせんげつ）	先月（上個月） （せんげつ）	今月（這個月） （こんげつ）

一昨年(前年)	昨年(去年)	今年(今年)
(おととし)	(さくねん)	(ことし)
	去年(きょねん)	
現在	未来	
今日(今天)	明日(明天)	明後日(後天)
(きょう)	(あした)	(あさって)
今週(這個星期)	来週(下個星期)	再来週
		(下下個星期)
(こんしゅう)	(らいしゅう)	(さらいしゅう)
今月(這個月)	来月(下個月)	再来月
		(下下個月)
(こんげつ)	(らいげつ)	(さらいげつ)
今年(今年)	来年(明年)	再来年(後年)
(ことし)	(らいねん)	(さらいねん)

7 動詞文1（動詞句1）

7-1 肯定文（肯定句）

(1)主語＋は／が＋動詞（ますＦ）

　（主語＋は／が＋動詞〈ます形〉）

　雨が降ります。（下雨了。）

(2)主語＋は／が＋補語に＋動詞（ますＦ）

　（主語＋は／が＋補語に＋動詞〈ます形〉）

　私は家に帰ります。（我回家。）

　私は九時に寝ます。（我九點睡覺。）

(3)主語＋は／が＋目的を＋動詞（ますＦ）

　（主語＋は／が＋目的を＋動詞〈ます形〉）

　私は水を飲みます。（我喝水。）

主語＝名詞／代名詞（主語＝名詞／代詞）

補語＝名詞／代名詞（補語＝名詞／代詞）

目的＝名詞／代名詞（目的＝名詞／代詞）

7-2 否定文（否定句）

(1)主語は＋動詞（ますＦ語幹）＋ません。

　（主語は＋動詞〈ます形詞幹〉＋ません）

雨は降りません。（不下雨。）

(2)主語は＋補語に＋動詞（ます形語幹）＋ません。

（主語は＋補語に＋動詞〈ます形詞幹〉＋ません。）

先生は家に帰りません。（老師不回家。）

(3)主語は＋目的は＋動詞（ますF語幹）＋ません。

（主語は＋目的は＋動詞〈ます形詞幹〉＋ません。）

私は水は飲みません。（我不喝水。）

7-3　です文、存在文と同じく動詞文にも質問文と答え文があります
（です句、存在句與動詞句一樣也有疑問句與回答句）

---

(1)Q-1　雨が降りますか。（下雨嗎？）

　A-1　はい、雨が降ります。（是的，下雨。）

　A-2　いいえ、雨は降りません。（不，不下雨）

　Q-2　何が降りますか。（下什麼？）

　A-1　雨が降ります。（下雨。）

　A-2　何も降りません。（什麼也不下。）

　A-3　知りません。（不知道。）

(2)Q-1　先生は家に帰りますか。（老師回家嗎？）

　A-1　はい、先生は家に帰ります。

　　　　（是的，老師回家。）

　A-2　いいえ、先生は家に帰りません。

（不，老師不回家。）

Q-2　先生は何処に帰りますか。（老師回哪兒？）

A-1　先生は家に帰ります。（老師回家。）

A-2　先生は何処にも帰りません。

　　　（老師哪兒也不回去。）

A-3　知りません。（不知道。）

(3)Q-1　あなたは水を飲みますか。（你喝水嗎？）

A-1　はい、私は水を飲みます。（是的，我喝水。）

A-2　いいえ、私は水は飲みません。

　　　（不，我不喝水。）

Q-2　誰が水を飲みますか。（誰喝水？）

A-1　私が（水を）飲みます。（我喝＜水＞。）

A-2　誰も水は飲みません。（誰也不喝水。）

Q-3　あなたは何を飲みますか。（你喝什麽？）

A-1　私は水を飲みます。（我喝水。）

A-2　私は何も飲みません。（我什麽也不喝。）

7-4　動詞の働き（動詞的作用）

人や動物の動作、事物の作用またはそれらの状態、存在
を示します。通常、日本語の動詞は文の最後におかれ
て，主語の動き、状態、存在などを示しますが、文の中
の名詞の前において、その名詞を修飾する使い方もあり
ます。

（表示人或動物的動作、事物的作用或它們的狀態、存在。在一般的情況下，日語的動詞是放在句子的最後來表示主語的動作、狀態及存在的，但有時也放在句中的名詞前，修飾名詞。）

　雨の降る日（下雨天）

　私の買った本（我買的書）

7-5　動詞語尾の形（動詞詞尾的形式）

日本語の動詞の最後の綴りは12に分けられます。〜ru に終るものは約 60％なので、これらに母音を付けて、〜aru、〜iru、〜uru、〜eruと〜oruに再分類して16分類とします。この動詞の変動を調べると、日本語の動詞は三つに分けられます。辞書の形で考えると第一の仲間は〜uで終わり、第二の仲間は〜ruで終わります。この他に不規則変化の第三の仲間、「くる」(kuru)「する」(suru)の二つがあります。

日本語動詞変化の規則を調べるとき、日本式ローマ字を使うと非常に分かりやすいので、母国語が英語系の人は付録を見て下さい。

（日語的動詞的詞尾形態可分爲 12 種。以〜ru 結尾的大約有 60％，而在它們之前再加上母音，如〜aru，〜iru，〜uru，〜eru，〜oru，又可分爲 16 種。根據這些動詞詞尾變化的特點，日語的動詞可分爲三種類型。即、

第一組爲辭典的形態以~u 做詞尾，第二組以~ru 結尾。另外還有屬於不規則變化的第三組くる(kuru)，する(suru) 二個動詞。

查找日語的動詞變化規則，使用日本式羅馬字非常容易理解。母語爲英語系的人請參照附錄。）

7-6　基本の動詞変化（動詞的基本變化）

(1)辞書の形　DF (Dictionary Form)

日本語の辞書はこの形で動詞を載せてありますから、この形を知らないと辞書で動詞をさがすことができません。（辭典形 (DF) 日語的動詞都是以這種形式出現在辭典中的，如不了解這種形式，就不能利用字典查找生詞）

(2)ますF　丁寧の形（鄭重形）

(3)ないF　否定の形（否定形）

(4)て　F　接続の形（接續形）

語尾	DF	ますF	ないF	てF
動詞 1				
~au	ka-u			
	買う	買います	買わない	買って(買)
~iu	i-u			
	言う	言います	言わない	言って(說)
~uu	su-u			

		吸う	吸います	吸わない	吸って(吸)
～ou	yato-u				
		雇う	雇います	雇わない	雇って(雇)
～aru	suwar-u				
		座る	座ります	座らない	座って(坐)
～iru	hair-u				
		入る	入ります	入らない	入って(進)
～uru	ur-u				
		売る	売ります	売らない	売って(賣)
～eru	kaer-u				
		帰る	帰ります	帰らない	帰って(回去)
～oru	nor-u				
		乗る	乗ります	乗らない	乗って(乘坐)
～tu	mat-u				
		待つ	待ちます	待たない	待って(等待)
～ku	kak-u				
		書く	書きます	書かない	書いて(寫)
～gu	isog-u				
		急ぐ	急ぎます	急がない	急いで(着急)
～su	hanas-u				
		話す	話します	話さない	話して(説話)
～bu	yob-u				
		呼ぶ	呼びます	呼ばない	呼んで(叫)
～mu	nom-u				

　　　　　飲む　　飲みます　飲まない　飲んで(喝水)
〜nu　sin-u
　　　　　死ぬ　　死にます　死なない　死んで(死)
動詞　2
〜iru　mi-ru
　　　　　見る　　見ます　　見ない　　見て(看)
〜eru　tabe-ru
　　　　　食べる　食べます　食べない　食べて(吃)
動詞　3
ku-ru　　くる　　きます　　こない　　きて(來)
su-ru　　する　　します　　しない　　して(做)
⊙ 例外
　(1)　DF　　　　　　　ないF　　　　　　　てF
　　ar-u　ある　　　　ない
　　ik-u　行く（去）　　　　　it-te　行って
　　to-u　問う（問）　　　　　tou-te　問うて
　(2)sinzur-u　　→→　　　sinzir-u
　　信ずる　　（相信）信じる（見るの仲間）
　　　　　　　　　　　　　（屬「見る」一組）
　　kinzur-u　　→→　　　kinzir-u
　　禁ずる　　（禁止）禁じる（見るの仲間）
　　　　　　　　　　　　　（屬「見る」一組）
　　aisur-u　　→→　　　ais-u
　　愛する　　（愛）　愛す（話すの仲間）

（屬「話す」一組）

⊙ 語幹（詞幹）DFの場合、語尾の「う」「る」「つ」
　　　　　　　などを除いた部分です。（詞幹：是指
　　　　　　　DF去掉詞尾う、る、つ後的部分。）

例：かう、すわる、まつ……

ますFの場合、語尾の「ます」を除く部分を言います。
（ます形的詞幹是指去掉詞尾ます後的部分）

例：買います、座ります、待ちます

7-7　ますＦの作り方（ます形的構成法）

動詞　1　DF語幹＋（語尾をい列に変える）＋ます
（第一組動詞）：（DF詞幹＋〈將詞尾變成い段〉＋ま
　　　　　　　　す）

　例　うる（ら、り、る、れ、ろ）→→うります
　　　（売ります）（賣）
　　　かく（か、き、く、け、こ）→→かきます
　　　（書きます）（寫）

動詞　2　DF語幹＋ます
　　　　（第二組動詞）：（DF詞幹＋ます）

　例　たべる→→たべます（食べます）（吃）
　　　みる→→みます（見ます）（看）

動詞　3　（第三組動詞）
　　　くる→→きます（来ます）（來）

する→→します（做）

7-8　ないＦの作り方（ない形的構成法）

動詞　1　DF 語幹＋（語尾をあ列に変える）＋ない
（第一組動詞）（DF 詞幹＋〈將詞尾變成あ段＋ない〉）
　　例　いそぐ（が、ぎ、ぐ、げ、ご）→→いそがない
　　　　（急がない）（不急）
　　　　はなす（さ、し、す、せ、そ）→→はなさない
　　　　（話さない）（不説）
　　例外　語尾「う」のとき、DF 語幹＋わない
　　（例外有：詞尾爲う的將其變爲わ＋ない）
　　例　かう→→かわない（買わない）（不買）
動詞　2　DF 語幹＋ない
（第二組動詞）：（DF 詞幹＋ない）
　　例　たべる→→たべない（食べない）（不吃）
　　　　みる→→みない（見ない）（不看）
動詞　3　（第三組動詞）
　　くる→→こない（来ない）（不来）
　　する→→しない（不做）

7-9 てFの作り方(て形的構成法)

動詞　1 (第一組動詞(DF詞幹)+う)	DF語幹+う	DF語幹+って (DF詞幹+って)
	+る	
	+つ	
	+く	+いて
	+ぐ	+いで
	+す	+して
	+ぶ	+んで
	+む	
	+ぬ	

```
例　かう→→かって(買って)(買)
　　まつ→→まって(待って)(等)
　　かく→→かいて(書いて)(寫)
　はなす→→はなして(話して)(説)
　　のむ→→のんで(飲んで)(喝)
```

動詞　2　動詞　3(第二組與第三組動詞)

　ますF語幹+て(ます形詞幹+て)

```
例　たべます→→たべて(食べて)(吃)
　　みます　→→みて(見て)(看)
　　きます　→→きて(来て)(來)
　　します　→→して(做)
```

◉たF：過去、完了を示す「たF」は「てF」の語尾
「て」を「た」に変えればよい。（た形：表示過去及
完了的「た」形，只要將て形的詞尾て換成た即可。）

		てF（て形）	たF（た形）
動詞	1	買って	買った（買）
動詞	2	食べて	食べた（吃）
動詞	3	来て	来た（来）
		して	した（做）

なお、ますFの過去の形は、～ます→→～ました
（ます形的過去形是，～ます→～ました。）
今日本を買います。→→昨日本を買いました。
（今天買書。→ 昨天買書了。）

7-10　その他の動詞変化（其他的動詞變化）

DF、ますF、ないF、てF/たFが基本の動詞変化ですが、
この他に希望/欲求を示す「たいF」，その動作が可能
であることを示す「かのうF」，話し手の意志を示す
「うF」などがあります。
（DF、ます形、ない形、て形／た形是動詞變化的基本
形式。此外還有表示希望、欲望的たい形，表示其動作的
可能性的"可能形"及表示說話人的意志的う形等。）
たいFの作り方　（たい形的構成法）
　動詞　1、2、3　ますFの語幹＋たい

（第1、2、3組：ます形詞幹＋たい）

助詞「を」を使っているときは、「が」に変わります。

（有助詞を時，將其改爲が。）

例　本を買います。　　　→→　本が買いたい。

（想買書。）

リンゴを食べます。→→　リンゴが食べたい。

（想吃蘋果。）

学校に来ます。　　　→→　学校に来たい。

（想來學校。）

かのうＦの作り方（可能形的構成法）

動詞　1　ＤＦ語幹＋え列語尾＋る

（第一組：ＤＦ詞＋え段詞尾＋る）

例　すう　（あ、い、う、え、お）→→すえる

（吸える）（可以吸）

はなす（さ、し、す、せ、そ）→→はなせる

（話せる）（可以説）

動詞　2　ＤＦ語幹＋られる

（第二組：ＤＦ詞幹＋られる）

例　だべる→→たべられる（可以吃）

動詞　3　第三組

くる→→こられる（来られる）（可以來）

する→→できる（做得來（可以做））

助詞「を」が使われているときは「が」に変わります。

（如有助詞を時，把它換成が。）

例外　動詞1：わかる、動詞2：できる

この動詞は可能の意味を持っているから、かのうFは
ありません。助詞は「が」を前につけて、〜がわか
る、〜がわかります、〜ができる、〜ができます。と
なります。

（例外　第一組動詞：わかる、第二組動詞：できる）

（這二個動詞本身已含有可能性意義，所以沒有可能
形。前面助詞用が，即：〜がわかる、〜がわかりま
す、〜ができる、〜ができます。）

うFの作り方（う形的構成法）

動詞　1　DF語幹＋（お列語尾）＋う

（第一組動詞　DF詞詞＋〈お段詞尾〉＋う）

例　よむ（ま、み、む、め、も）→→よもう
（読もう）（念吧）

動詞　2、3　ないF語幹＋よう（第二、三組動詞：な
い形詞幹＋よう）

例　たべない→→たべよう（食べよう）（吃吧）
　　こない　→→こよう　　　　　　（来吧）
　　しない　→→しよう　　　　　　（做吧）

この他の動詞の変化は後で説明します。

（其他的動詞變化，將在後面説明。）

◉ 動詞1と動詞2の区別

（第一組動詞與第二組動詞的區別）

動詞を機械的に分ける方法はありませんが、動詞のますFとないFを作ることができると次の方法で区別できます。

（機械式地將動詞做區分雖不太可能，但我們可根據動詞的ます形及ない形作以下區分。）

ますFとないFの語尾を比べて、その語尾が違うとき、動詞１。

（ます形與ない形的詞尾不同的動詞屬第一組動詞。）

飲みます、飲まない（喝、不喝）

ますFとないFの語尾が同じとき、動詞２。

（ます形與ない形的詞尾相同時，屬於第二組動詞。）

食べます、食べない（吃、不吃）

7-11　動詞の接続（動詞的連接）

(1)動詞（てF）＋動詞（ますF）

　食べて行きます（吃完了再去。）

　動詞（ますF語幹）＋動詞（ますF）

　話し合いました（商量過了。）

(2)動詞（ますF語幹）＋に＋動詞（ますF）

　食べに行きます（去吃＜飯＞。）

(3)動詞（ないF）＋で＋動詞（ますF）

　食べないで行きます（不吃＜飯＞就去）

(4)動詞（DF/ないF/たいF/てF＋いる）＋名詞＝名詞句

買う本（要買的書）、買わない本（不買的書）

買いたい本（想買的書）、

買っている本（已經買的書）

(5)動詞（DF/ない/たいF/てF＋いる）＋の＝名詞句

買うの（買的）、買わないの（不買的）

買いたいの（想買的）、買っているの（已經買的）

(4)と(5)は過去形（たF）も同じに接続します。

（(4)與(5)的過去形（たF）也可以同樣方式連接。）

昨日買った本はこれです。（昨天買的書是這本。）

昨日買っていた本はこれです。

（昨天已經買的書是這本。）

(6)名詞＋動詞

この場合は助詞なしに接続することはできません。

（這種情況下，沒有助詞不能連接。）

雨が降ります。（下雨了。）

私はリンゴを食べます。（我吃蘋果。）

(7)副詞＋動詞

動詞を修飾する副詞（14課参照）は、助詞なしで動
詞の前に置かれます。（修飾動詞的副詞（参照14
課）可不用助詞而直接放在動詞的前面。）

雨が激しく降ります。（雨下得很猛。）

私はリンゴをやっと食べました。

（我終於吃完了蘋果。）

7-12　自動詞と他動詞（自動詞與他動詞）

(1)日本語の動詞は自動詞と他動詞の二つに分けられま
す。

（日語的動詞可分爲自動詞與他動詞兩類。）

自動詞：主語自身の働き、作用を示す動詞

（表示主語本身的動作及作用的動詞）

他動詞：主語が他に働きかける動作、作用を示す動詞

（表示主語對其它事物施加動作或作用的動
詞。）

この働きかけられる対象を目的と呼び、この目的（名
詞／代名詞）の後に助詞「を、に」がつけられます。

（這些被施加動作或作用的對象我們稱之爲賓語，在這些
賓語〈名詞／代詞〉之後可用助詞を、に。）

　　　　直接目的＋を（直接賓語＋を）

　　　　間接目的＋に（間接賓語＋に）

風で戸が開きます。（門被風吹開了。）（自動詞）

（私は）戸を開けます。（〈我〉開門。）（他動詞）

リンゴが落ちます。（蘋果掉下來了）（自動詞）

（私は）リンゴを落とします。（〈我把〉蘋果弄掉了。）
（他動詞）

(2)英語と中国語では普通、自動詞、他動詞に同じ言葉が
使われますが、日本語は非常に少ない例外を除いて、

別々の言葉を使います。

（英語和中文中一般自動詞與他動詞使用用一個詞彙，
但在日語中除很少的例外以外都是分別使用的。）

4つの形	自動詞	他動詞
（4種形態）		
1.別々	続く（繼續）	を続ける
（不同的）		（繼續）
2.自動詞のみ	降る（下）	×
（只有自動詞的）		
3.他動詞のみ	×	を殺す（殺）
（只有他動詞的）		
4.同じ	開く（開）	を開く（開）
（相同的）		

(3)別々の形（辞書の形）（不同的形態〈辭典形〉）

	自動詞		他動詞	
1.～ARU		～U		
HUSAGARU	ふさがる	HUSAGU	をふさぐ	（堵）
	つながる		をつなぐ	（連著）
2.～ARU		～ERU		
ATUMARU	集まる	ATUMERU	を集める	（收集）
	暖まる		を暖める	（暖和）
3.～U		～ERU		
AKU	あく	AKERU	をあける	（開〈門〉）
	続く		を続ける	（繼續）

4.〜RU		〜SU		
UTURU	移る	UTUSU	を移す	(轉移)
	回る		を回す	(旋轉)
5.〜RERU		〜SU		
KAKURERU	隠れる	KAKUSU	を隠す	(隱藏)
	倒れる		を倒す	(倒、弄倒)
6.〜ERU		〜ASU		
NARERU	馴れる	NARAS	を馴らす	(習慣)
	焦げる		を焦がす	(燒焦)
7.〜IRU		〜ASU		
NOBIRU	伸びる	NOBASU	を伸ばす	(伸長)
	閉じる		を閉ざす	(〈門〉關着 關〈門〉)
8.〜RU		〜OSU		
OKIRU	起きる	OKOSU	を起こす	(起床、叫醒)
	落ちる		を落とす	(掉、弄掉)
9.〜U		〜ASU		
TOBU	飛ぶ	TOBASU	を飛ばす	(飛)
	乾く		を乾かす	(乾、弄乾)

7-13　補助動詞（補助動詞）

A. 空を見ます。（看天空。）

B.リンゴを食べてみます。（嚐蘋果）

Bの場合、「みる」は特別の使い方で、特別の意味を持っています。この場合、「見る」は元の意味をなくして、補助動詞の働きとなります。

この補助動詞はいつも「ひらがな」で使われます。

（B中的みる是一種特殊用法，有特殊意義，失去了原來"看"的意思了，而是補助動詞的作用。這個補助動詞總是使用平假名。）

(1)てF＋いる／います

　　この形は状態や働きが継続したり進んでいることを示します。

　　（這種形式表示狀態或動作在繼續進行著。）

太郎が泣いています。（太郎在哭。）

窓が開いています。（窗戸開著。）

　　話し手は窓の状態を示しますが、何故窓が開けられたのかには関係ありません。（説話人只是指窗戸開著，和窗戸爲什麼被打開了無關。）

　　窓を開けています。（窗戸被開著。）

(2)てF＋ある／あります

　　この形は何かがある状態にあることを示します。

　　（這種形態表示某種事物處於某種狀態。）

窓が開けてあります。（窗戸被開著。）

戸に鍵が掛けてあります。（門被鎖著。）

　　この形は場合に応じて、用意されていることを示しま

す。（這種形式根據情況有時表示被準備好。）

バナナが買ってあります。（香蕉買好了放著呢。）

(3)てF＋おく／おきます

この形は将来の使用、対応に備えて何かをある状態
にしておくことを示します。（這種形式表示使用某事
物處於某種狀態以備將來使用和應付。）

お酒を買っておきます。（把酒買好放著。）

〈友達がもうすぐ来ますから。〉

〈因爲朋友馬上就要來了。〉

ビールを飲みますか。止めておきましょう。

（喝啤酒嗎？先不喝了。）

〈他の約束がありますから。〉〈因爲還有其他約會。〉

帰り切符を買っておいたほうがいいですよ。

（還是先把回去的車票買好放著爲妙。）

〈帰るときになると、切符売り場にいつも長い行列が
できますから。〉

〈因爲回去的時候，售票處總是排著很長的隊。〉

(4)てF＋しまう／しまいます。

この形は動作、出来事の終わることを強調します。

（這種形式強調動作或某種事件的結果。）

この本をとうとう読んでしまいました。

（終於將這本書念完了。）

馬鹿なことを言ってしまいました。

（〈糟糕〉，把蠢話説出去了。）

早く飲んでしまいなさい。（快點喝完吧。）

(5)てF＋みる／みます。

この形は何かを試みることを示します。

（這種形式表示嘗試作某事。）

一つだけ食べてみます。（只吃一個試試。）

自転車に乗ったことはありませんが、乗ってみましょう。

（沒有騎過自行車，騎騎看吧。）

(6)てF＋ください。

この形は丁寧に物事を依頼する表現。

（這是有禮貌地請求某事的表達法。）

このリンゴを食べてください。

（請把這個蘋果吃了吧。）

ここに名前を書いてください。（請在這裡寫上名字。）

否定の依頼のとき（否定的請求。）

ないF＋でください。

このリンゴは食べないでください。

（請不要吃這個蘋果。）

7-14　動詞の時（動詞的時態）

(1)動詞の時（動詞的時態。）

1.明日その映画を見ます。（未来）

（明天看那個電影。〈將來〉）

2.いま映画を見ています。（現在）

（現在正在看電影。〈現在〉）

3. 最近よく映画を見ます。（習慣）

　　（最近經常看電影。〈習慣〉）

4. もう、その映画は見ました。（現在完了）

　　（那個電影已經看過了。〈現在完了〉）

この通り、「見る」の現在形は、未来、現在、習慣の使い方があります。過去形は助動詞「た」を付けて作りますが、この「た」は過去形だけでなく現在完了ほかにも使われるので外国人には難しい。（如上所述"見る"的現在形有表示將來、現在、習慣等用法。過去形是加上助動詞"た"構成的。這個た不僅表示過去也用作表示現在完了這一點對外國人來説比較難。）

一般に日本語は現在と過去の2つの時制だけと言われており、日本語に未来を示す助動詞はありません。

（一般來説日語只有現在與過去二種時態，沒有表示將來的助動詞。）

(2)現在形

(2)-1　時制に関係なく、日本語の現在形は次の場合に使われます。

　　　　（與時態無關、日語的現在形用於以下的情況。）

A. 習慣的な事実、不変の真理、スポーツなどの規則、事物の作り方（料理マニュアル）など。

　　（慣例、不變的真理、體育比賽的規則、事物的作法〈菜譜〉等。）

B. 話し手が主格の場合、話し手の意志を示すことがで
きます。

（説話人是主語的時候，可表示説話人的意志。）

これは動詞が意志の意味を含むときに使われます。

（這時動詞應是表示意志的動詞。）

（私は）きっと来ます。（〈我〉肯定會來。）

（私は）もう二度といたしません。

（〈我〉不會再做第二次了。）

(2)-2　現在と過去（現在與過去）

	です文 1,2	存在文
現在肯定	〜です	〜あります／います
現在否定	〜ではありません	〜ありません／いません
過去肯定	〜でした	〜ありました／いました
過去否定	〜ではありませんでした	〜ありませんでした／いませんでした

例外

です文 3

現在肯定　です

現在否定　（〜くありません）／〜くないです

過去肯定　〜かったです

過去否定　〜くなかったです

◉ 過去肯定をです文 1、2 と同じに「〜でした、大きい
でした」とするのは、日本語の表現として不自然で

す。

（將過去肯定與です句 1、2 一樣説成～でした，大き
いでした，作爲日語是很不自然的。）

(2)-3　動詞文（動詞句）

動詞はその働きから次の4つに分類されます。

（根據動詞的作用，把動詞分爲以下四類。）

A. 状態動詞（狀態動詞）

状態の変化をしないことを示す動詞

（表示無狀態變化的動詞。）

ある、いる、出来る、見える、など

（ある、いる〈有〉、出きる〈能夠〉見える〈能
看見〉等。）

B. 継続動詞（持續動詞）

動作、作用がある程度続く動詞

（動作及作用在某種程度上持續的動詞。）

　読む、見る、歩く、走る、食べる、飲む　など

　（讀、看、走、跑、吃、喝等。）

動詞の大部分はこの形の動詞です。

（動詞中大多數屬於這類。）

C. 瞬間動詞（瞬間動詞）

動作、作用が瞬間に終わる動詞

（動作，作用在瞬間結束的動詞。）

　始まる、終わる、死ぬ、結婚する、つける、消す
など

（開始、結束、死、結婚、點〈燈〉、息〈燈〉
等。）

D. 様相動詞（樣相動詞）

ある状態を帯びる動詞（帶有某種狀態的動詞。）

そびえる、優れる、ありふれる、似る　など

（聳立、優秀、經常、相似等。）

この4分類の内、Aの現在形だけが現在時制に使われ、
B、C、Dの現在形は未来を示し、現在を示すために
「〜てF＋います」とすることが必要です，

（以上四類動詞當中，只有 A 的現在形用於現在時態，
而 B、C、D 的現在形表示將來，如果表示現在的話必須
使之構成〜て形＋います的形式。）

例えば、「見る」の現在を示すために、

（如，表示“見る”的現在時態。）

いま、映画を見ます。×（現在看電影。）

いま、映画を見ています。○

（現在正在看電影。）

状態動詞 Aは「てF＋います」を使うことはありませ
ん。なぜなら、状態動詞自身が「てF＋います」の意
味を含んでいるからです。

（狀態動詞 A 不使用て形＋います的形式。因為它本
身已包含て形＋います的意思了。）

例外

話し手がその事実を確信しているときは、状態動詞の現

在形を未来に使うことができます。（説話人確信某一事
實的時候，可用狀態動詞的現在形表示將來。）

　　私は明日家にいます。（我明天在家。）

(3)～ています。動詞の種類により意味が変わります。

　　（動詞的種類不同，其意思也不同。）

A. 継続動詞てF＋います（持續動詞て形＋います）

　　英語の進行形と同じ様な使い方

　　（與英語的進行式用法相同）

　　馬が駆けています。（馬在奔馳。）

　　雨が降っています。（在下雨。）

B. 瞬間動詞てF＋います（瞬間動詞て形＋います。）

　　変化後の結果の状態を示します。

　　（表示變化後的結果的狀態。）

　　会議は始まっています。（會議已經開始了。）

　　彼女は結婚しています。（她結婚了。）

C. 様相動詞てF＋います（樣相動詞て形＋います。）

　　現在の継続を示します。（表示現在的持續。）

　　富士山は雲の上にそびえています。

　　（富士山高聳入雲。）

　　彼女はお姉さんによく似ています。

　　（她和她的姐姐＜長的＞很像。）

(4)助動詞：た

　　動詞の語尾が「～ぶ、む、ぬ、ぐ」で終わるとき、「た」
　　は「だ」となります。（～ぶ、む、ぬ、ぐ結尾的動

詞，た變成だ。）

遊ぶ→遊んだ　読む→読んだ（玩 → 玩了、讀 → 讀了）
死ぬ→死んだ　泳ぐ→泳いだ（死 → 死了、游 → 游了）

A. 単純過去（單純過去）

友達の家で2時間テレビを見ました。

（在朋友家裡看了兩個小時電視。）

去年アメリカに行きました。（去年去過美國。）

B. 現在完了（現在完了）

会ったことがあります。（見過。）

もうそこに行ったことがあります。（去過那裡）

C. 確認、命令（確認、命令）

この場合、時制と関係なく現在表現として使います。

（這時，與時態無關，用作現在時。）

バスが来ました。急ぎましょう。

（公共汽車來了，快點〈走〉吧。）

さあ、どいた、どいた。

（咳、借過、借過、〈躲開、躲開〉）

D. 状態（狀態）

曲った道。（彎曲的道路。）
尖った岩。（尖鋭的岩石。）

E. 過去と現在完了（過去與現在完了）

さっき、昨日、先週のような過去を示す言葉があれば
「た」が過去を表すことは明らかで、もう、すでに、
やっと、まだのような言葉がれば、「た」は現在完了

を示します。しかし、これらの言葉がないと会話の状況の中から判断するので外国人がこれを区別するのは非常に難しくなります。例えば、「大学の生活に慣れましたか」の場合、質問者が現在の状態に関心があれば、「た」は現在完了を意味し、過去に関心があるなら「た」は過去の使い方になるのです。

（在句中，如有さっき，昨日、先週等表示過去的詞的話，那麼句中的"た"則明顯表示過去時態。而有もう、すでに、やっと、まだ等詞時，た則表示現在完了時態。但是，句子中沒有以上這些詞彙時則要靠當時會話的情況來判斷，這一點對於外國人來說，非常難。比如説，"已經習慣大學生活了嗎？"這一句，如果提問者對現在狀態表示關心的話，"た"表示現在完了，對過去表示關心的話"た"則表示過去時。）

質問：あの映画を見ましたか。（問：看了那個電影嗎？）
答－肯定　過去：〈昨日〉見ました。
（答－肯定，過去：〈昨天〉看了。）
　　　現在完了：もう見ました。
　　　（現在完了：已經看過了。）
　－否定　過去：（あの映画は）見なかった。
（否定，過去：〈那部電影〉沒看。）
　　　現在完了：（あの映画は）まだ見ていません。
　　　（現在完了：〈那部電影〉還沒看過。）
(5)帰るときと帰ったとき

（回去的時候與回去了的時候）

A. 家に帰るとき、ビールを飲みます。

（回家的時候喝啤酒。）

B. 家に帰ったとき、ビールを飲みます。

（回到家的時候，喝啤酒。）

日本語で「家に帰ったとき」は家に帰る行為が終わったこと（完了）を意味します。（日語中「家に歸ったとき」是表示回家的動作已經結束〈完了〉）

A. 日本に行くとき、電話します。

（去日本的時候，打電話。）

B. 日本に行ったとき、電話します。

（到了日本的時候，打電話。）

Aは日本へ行く前自分の国で電話する場合。

（A是表示去日本之前在本國打電話。）

Bは日本へ行ってから日本で電話する場合。

（B是表示到了日本之後在日本打電話。）

(6)「てＦ＋います」と英語の「BE 動詞＋〜ING」との違い

（「て形＋います」與英語的「be 動詞＋〜ing」之區別）

		〜います	BE＋〜ING
一時的な動作	（一段時間的動作）	○	○
習慣	（習慣）	○	×

近い未来	（將來）	×	○
状態	（狀態）	○	×
動作の完了後	（動作完了後）	△	×

（○：用法あり。×：用法なし。△ 動詞と場合により用法あり。（○：可用。×：不可用。△：根據動詞和場合不同可用或不可用）

「〜ています」に近い未来の使い方はないから、英語の "Miss Yosida is getting married" を "吉田さんは結婚しています。" と言うのは間違いで「吉田さんはもうすぐ結婚します。」と言わなければなりません。（〜ています没有表示將來的用法。所以，英語的 "Miss Yosida is getting married" 不能説成 "吉田さんは結婚しています"，必須説「吉田さんはもうすぐ結婚します。」）

ただし、時間がはっきりと限定された場合、「てF＋います」が未来に使われることがあります。

（但是，有明確的時間限定時 "〜います" 也可用來表示將來。）

私は来年の十月には日本に帰っています。

（我明年10月已經回到日本了。）

8 形容詞と名詞 Ⅱ (形容詞與名詞2)

8-1　形式名詞 (形式名詞)

ある種類の名詞は本来（ほんらい）の意味（しゅるい）をなくして名詞句 ／ 節な
どを作ります。しかし、形式名詞だけを独立して使うこ
とはなく、必ずその前の言葉と一緒になって、ある意味
を付（つ）け加（くわ）えます。(有些名詞失去本身的意義構成名詞句
／ 節。但是，形式名詞不能單獨使用，它必須與前面的
詞一起使用，表示某種意義。)
〈形式名詞〉
こと、もの、ところ、ため、とおり、はず、の　など
仕事（しごと）のため (爲了工作。)
彼の言うとおり (就像他説的那樣。)
できるはず (應該是可以的。)
赤いのをください。(把紅的給我。)

8-2　する名詞

ある種類の名詞は「 ～する 」を付けると動詞になりま
す。これらの名詞を「 する名詞 」と呼ぶことにします。
(有些名詞加上～する就變成動詞，這些名詞我們稱之爲

「する名詞」。)

例えば、解決は名詞として「です文」で、「それが解決です。」と使いますが、皆で問題を解決したときは「です文」で表現できません。(舉例來説，"解決"作爲名詞在です句中可用それが解決です，但在大家共同解決問題的時候用です句就不行。)

問題を皆で解決です。　×（問題是大家解決。）

問題を皆で解決しました。　〇（大家一起解決了問題。）

する名詞は動作性の名詞に「する」を付けて動詞を作りますが、この名詞は中国からきたものと他の国からきたものがあります。

（する名詞是在具有動作性名詞後加上する構成動詞。這些名詞中既有從中國來的，也有從其他國家來的。）

〈中国〉

安定（安定）、意見（意見）、違反（違反）、意味（意味）、運動（運動）、影響（影響）、援助（援助）、解決（解決）、開始（開始）、解答（解答）、確認（確認）；関係（關係）管理（管理）、希望（希望）、教育（教育）、協力（合作）、計画（計劃）など

〈他の国〉〈其他國家〉

アルバイト（臨時工〈德語〉）

ハイキング（徒歩旅行〈英語〉）、

テニス（網球〈英語〉）

ヒット（安打〈棒球用語〉／成功〈英語〉）

彼のアルバイトは新聞配達です。

（他的臨時工作是送報紙。）

リーさんはデパートでアルバイトしています。

（小李在百貨公司做臨時工。）

昨日のハイキングはとても楽しかった

（昨天的徒步旅行非常愉快。）

明日はいい天気だからハイキングしましょう。

（明天是好天氣，去郊遊吧。）

8-3　仮定法（假定法）

(1)たら

　　い形容詞　　　　　　　い形容詞語幹　　　＋かったら
　　名詞／な・に名詞　名詞／な・に名詞　＋だったら

安かったら買いましょう。（便宜的話就買吧。）

先生だったら割引があります。

（如果是老師的話就有優惠價格。）

元気だったら雨でも行きましょう。

（如果身體沒有問題的話，下雨也去吧。）

(2)ば

　　い形容詞　　　　　　　い形容詞語幹　　　＋ければ
　　名詞／な・に名詞　名詞／な・に名詞　　＋ならば

よければ買いましょう。（好的話就買吧。）

日曜ならば家にいます。（星期天的話在家。）
安全ならば子どもを参加させます。
（如果安全的話，讓孩子們也參加。）

◉いい→→よければ

(3)と

い形容詞 　　　　　　　 い形容詞 　　　　　　 ＋と

名詞／な・に名詞　名詞／な・に名詞　　＋だ＋と

大きいと買います。（大的話就買。）

雨だと休みます。（下雨的話就休息。）

元気だといいですね。（身體健康該多好啊）

(4)なら（ば）

い形容詞 　　　　　　 い形容詞 　　　　　 ＋なら（ば）

名詞／な・に名詞　名詞／な・に名詞＋なら（ば）

大きいなら買います。（大的話就買。）

お兄さんならば入れてあげます。

（如果是哥哥就讓他進來。）

きれいならばいいでしょう。（如果漂亮的話就可以吧。）

9 動詞文 Ⅱ（動詞句2）

9-1　否定疑問文（否定疑問句）

肯定疑問文と同様に、です文、存在文と動詞文に否定疑問文があります。（與肯定疑問句一樣，です句、存在句、動詞句也有否定疑問句。）

(1)です文（です句）

　　(A≠B)＋か。AはBではありませんか。

　　　　　　（A 不是 B 嗎？）

(2)存在文（存在句）

A. AはBにありません＋か。（A 不在 B 裡嗎？）

B. BにAはありません＋か。（B 裡沒有 A 嗎？）

(3)動詞文（動詞句）

Aは動詞（ますF語幹）＋ません＋か。

（Aは動詞〈ます形詞幹〉＋ません＋か。）

〈答え文〉（回答句）

日本語の否定疑問文の答え「はい、いいえ」の使い方は、英語の場合と全く異なっています。

（日語的否定疑問句的回答はい、いいえ的用法與英語的用法完全不同。）

（英語）　　　　　　　　　（日本語）

質問：Aren't you going?　行きませんか。（不去嗎？）
答え：Yes. I am going.　いいえ、行きます。（不，我
　　　去。）

　　　No. I am not going.　はい、行きません。
　　　（是，不去。）

このように、日本語は事実（行く、行かない）に対応し
た「はい、いいえ」は必要でなく、聞き手は事実に関す
る情報に関して、話し手が否定の答えを期待していると
き、この答えは「はい、行きませ」となります。（如上
所述，日語不必對事實（去，不去）作出實際回答"是，
不是"。說話人在期待否定回答時，聽者對事實作出的回
答是"是的，我不去"。）

つまり、日本語の否定疑問文の答え「はい、いいえ」は
話し手の意図に対応していると言えます。
（可以說日語的否定疑問句的回答はい、いいえ是應和說
話人的意圖而作出的。）

話し手が聞き手は「行かない」と考えて「行まきせん
か」と質問するとき、この答えは「はい、行まきせん」
となるので、この場合の「はい」は、「その通りです」
「いいえ」は「その通りでなく」を意味します。（說話
人考慮聽者可能會不去而說的"不去嗎？"，這個時候的
回答是"是的，不去"，即這裡的"是的"是表示"正如
你說的那樣"，"不是"是表示"不是那個意思"。）

一般的に言えば、否定疑問文に対する答えは次のように

なります。

（一般來説，否定疑問句的回答如下。）

はい、否定文　（はい、否定句。）

いいえ、肯定文　（いいえ、肯定句。）

9-2　招待の質問と答え（邀請的提出與回答）

一緒に行きますか。（一起去嗎？）

この肯定疑問文は聞き手が「行くか、行かないか」だけ
を確認しているから招待の場合、日本人にとってこの表
現は少しおかしく感じられます。

（這個肯定疑問句只確認聽者去或不去。在提出邀請時這
種表達對日本人來説有些不自然。）

招待の表現として日本人は次のうに言います。

（邀請時日本人常用下面的説法。）

　　一緒に行きませんか。（不一起去嗎？）

　　より丁寧に、（更加鄭重的）

　　一緒にいらっしゃいませんか。（您不一起去嗎？）

招待の場合、話し手は聞き手から「はい」の答えを期待
していますから、（邀請的時候，説話人期待著聽者"是"
的回答。）

答え文　はい、行きます／参ります。（是的，我去。）

（回答句）　いいえ、行けません／伺えません。

　　　　　　（不，不能去。）

〈先約がありますから、など〉

〈因爲我已有其他約會等。〉

9-3　その他の動詞変化（其他的動詞變化）

(1)仮定 F（假定形）

仮定／条件は、現在／未来および現在、過去の事実
に反する想定を示します。（假定／條件是表示與現
在／未來及現在、過去的事實相反的假想。

A.たら　条件を示します。（A.たら　提示條件）

動詞たF＋ら（動詞た形＋ら）

動詞1　のんだ＋ら　のんだら

（動詞1、のんだ＋ら〈喝了的話〉）

動詞2　たべた＋ら　たべたら

（動詞2、たべた＋ら〈吃了的話〉）

動詞3　きた＋ら、した＋ら　きたら、したら

（動詞3、きた＋ら，した＋ら〈來〉的話、〈做〉的
話）

その薬を飲んだら、すぐ直ります。

（喝了這個藥，馬上就會好。）

ご飯を食べたら、少し休んで下さい。

（吃完飯後，稍微休息一下吧。）

彼が来たら、行きましょう。（他來的話，就走吧。）

B.ば、れば　条件を示します。

（ B.ば、れば　提示條件 ）

動詞 1　DF 語幹＋（ え列語尾 ）＋ば

（ 動詞 1　DF 詞幹＋（ え段詞尾 ）＋ば ）

の（ む ）＋（ まみむ<u>め</u>も ）＋ば　のめば

（ 喝的話 ）

か（ く ）＋（ かきく<u>け</u>こ ）＋ば　かけば（ 写的話 ）

動詞 2　DF 語幹＋れば（ 動詞 2　DF 詞幹＋れば ）

　　　 たべ（ る ）＋れば　たべれば（ 吃的話 ）

動詞 3　くる　くれば（ 來的話 ）

　　　　 する　すれば（ 做的話 ）

お酒を飲めば暖かくなります。

（ 喝酒的話可使身體暖和起來。 ）

雨が降れば、私は行きません。

（ 要是下雨，我就不去了。 ）

早く来れば、汽車に間に合いました。

（ 快點來就會趕上火車了。 ）

C.と　条件を示します。DF＋と（ C、と　提示條件 ）

動詞 1　のむ＋と　のむと

（ 動詞 1、のむ＋と喝的話 ）

動詞 2　たべる＋と　たべると

（ 動詞 2、たべる＋と吃的話 ）

動詞 3　くる＋と　する＋と

（ 動詞 3、くると　すると ）

（ 來的話、做的話 ）

次の信号を曲がると、本屋があります。

（ 在下個紅綠燈處轉彎就有書店。）

早く来ると、良いことがあります。

（ 早點來會有好事。）

D.なら　条件を示します。DF＋なら

動詞1　のむ＋なら　　のむなら（喝的話）

動詞2　たべる＋なら　たべるなら（吃的話）

動詞3　くる＋なら　　する＋なら

　　くるなら　するなら（來的話，做的話）

飲んだら乗るな、乗るなら飲むな。

（ 喝了〈酒〉的話就不要開車，開車的話就不要喝〈酒〉）

★「たら、ば、と、なら」の意味の範囲はある程度重なり合っています。（ たら、ば、と、なら意思在一定程度上有重合）

これらは殆ど同じ意味に近いように見え、又取り替えて使うことも出来そうに思われます。（ 這些詞意思近乎相同，而且可以互相替換。）

例えば「たら」と「ば」は同じ意味をもっており、使い方は日本の地域に依っています。（ 舉例來說，たら與ば意思相同，用法依地方不同而不同。）

大阪と名古屋地方は「たら」が支配的で、北部と南部地方は「ば」がふつうです。東京は両方が混ざっており、ときには「りゃ」に変わることもあります。（ 大阪和名古屋多用たら，而北部及南部地方多用ば。東京

二種都有，有時也説"りゃ"。)

たべたら→→たべりゃ←←たべれば（吃的話）

のんだら→→のみゃ←←のめば（喝的話）

けれども、「たら、と、なら」の間に微妙な差もあるので、この点は改めて検討します。（但是たら、と、なら之間也有微妙的差別，關於這一點以後我們再研究。）

(2)可能表現　可能 F(CAN F)（可能形）

　　動詞1　DF 語幹＋（え列語尾）＋る

　　　　　　のむ（まみむめも）＋る→→のめる

　　　　　　（能喝）

　　動詞2　DF 語幹＋られる

　　　　　　たべる＋られる→→たべられる（能吃）

　　動詞3　くる→→こられる（能来）

　　　　　　する→→できる（能做）

⊙ 助詞が「を」のときは、「が」に変わります。

　　（這時原來助詞如是を的話，改成が。）

　　〈ますFの可能表現〉（ます形的可能表達形式）

　　お酒を飲みます。（喝酒。）

　　→お酒が飲めます。（→ 能喝酒。）

　　マンゴーを食べます。（吃芒果）

　　→マンゴーが食べられます。（→ 能吃芒果。）

　　朝六時に来ます。（→ 早晨6點來。）

　　→ 朝六時に来られます。（→ 早晨6點能夠來。）

私はテニスをします。（我打網球。）

→ 私はテニスができます。（→ 我會打網球。）

(3)受身表現（被動形）

名詞2が　名詞1を　動詞(DF)

→ 名詞1は　名詞2に／よって／から　動詞（受身 F）

この表現は名詞1が動詞に依って示される名詞2の行為に依って影響されることを示します。

（這個表現表示名詞1受名詞2的行爲的影響。）

動詞1　ないF（語幹）＋れる

（動詞1　ない形〈詞幹〉＋れる）

飲む→（飲まない）＋れる→ 飲まれる（被喝）

動詞2　ないF（語幹）＋られる

（動詞2，ない形（詞幹）＋られる）

食べる→（食べない）＋られる→ 食べられる（被吃）

動詞3　くる→→ 来られる（被～来）

する→→される（被做～）

〈ますFの受身表現〉〈ます形的被動表現〉

A. Aは　Bを　ますF

→Bは　Aに　受身F

私は泥棒を捕まえました。（我把小偷抓住了。）

→ 泥棒は私に捕まえられました。

（小偷被我抓住了。）

（私達は）音楽会を七時に開きます。

（〈我們〉七點鐘舉行音樂會。）

→ 音楽会が七時に開かれます。（音樂會七點鐘開
始。）

目的が行事／物の時は、受身文の主語は「～が」。

（原賓語表示活動、事物的時候，被動句的主語用～
が）

B. Aは　BのCを　ますF

　→Bは　Aに　Cを　受身F

泥棒は私のカメラをとりました。

（小偷偷了我的照相機。）

→ 私は泥棒にカメラをとられました。

　（我被小偷偷了照相機。）

C. Aは　Bに　Cを　ますF

　→Bは　Aに　Cを　受身F

田中さんは私に日本語を教えます。

（田中先生教我日語。）

→ 私は田中さんに日本語を教えられます。

　（田中先生教我日語。）

★ 迷惑の受身（受害被動）

英語の場合、受身は他動詞によってのみ作られます
が、日本語は他動詞及び自動詞に依って作られます。
自動詞の場合は迷惑の受身と呼ばれています。

（英語中只有他動詞才可構成被動，而在日語裡他動詞
與自動詞均可構成被動。自動詞構成的被動形，又稱作
受害被動）

雨が降りました。（下雨了。）

→ 雨に降られました。〈困りました〉

　（→ 被雨淋了。〈眞糟糕〉）

父が死にました。（父親死了。）

→ 私は父に死なれました。〈困っています〉

　（我的父親死去了。〈眞不知如何是好〉）

(4)使役表現 13-2 参照（参照 13-2）

　名詞 2 は　動詞 (DF)

　→ 名詞 1 は／が　名詞 2 を／に　動詞（使役 F）

この表現は名詞 2（初めの主語）が自分の意思に関係
なく、名詞 1（新しい主語）に依って強制されること
を示す。

（這種表現表示名詞 2（原來的主語）不以自己的意志
爲轉移而受名詞 1（新主語）的強制。）

動詞 1　ないF（語幹）＋せる

　　　　飲まない＋せる → 飲ませる

　　　　（使～喝下去）

動詞 2　ないF（語幹）＋させる

　　　　食べない＋させる → 食べさせる（使～吃下去）

動詞 3　くる → こさせる　する → させる

　　　　（使～來，使～做）

〈ますFの使役表現〉（ます形的使役表現）

　　私は紅茶を飲みます。（我喝紅茶。）

　　→ 母は私に紅茶を飲ませます。（母親讓我喝紅
　　　茶。）

　　妹はピアノを弾きます。（妹妹彈鋼琴。）

　　→ 父は妹にピアノを弾かせます。

　　（父親讓妹妹彈鋼琴。）

　　私は学校に早く来ます。（我早點來學校。）

　　→ 先生は私を学校に早く来させます。

　　　（老師讓我早一點來學校。）

★1. 使役受身は13-14 参照（被動使役請参照 13-14）

　2. 使役の短縮形は附録 2 参照

　（使役的短縮形請参照附録 2）

(5)命令表現（命令形）

　強い命令（強硬命令）

動詞1　DF（語幹）＋（え列語尾）

　　　飲む＋（まみむめも）→ 飲め（喝下去！）

動詞2　DF＋（語幹）＋ろ

　　　食べる＋ろ→ 食べろ（吃下去！）

動詞3　来る→ 来い（こい）（過來！）

　　　する→しろ（做！）

弱い命令（溫和命令）

動詞1　ますF（語幹）＋なさい

　　　飲みます＋なさい→ 飲みなさい（喝下去吧。）

動詞 2　ますF（語幹）＋なさい

　　　　食べます＋なさい→ 食べなさい（吃下去吧。）

動詞 3　来（き）なさい（過來吧。）

　　　　しなさい（做吧。）

　　　　この薬を飲みます。（吃這個藥。）

　　　→この薬を飲め。（把這個藥吃下去。）

　　　→この薬を飲みなさい。（把這個藥吃下去吧。）

　　　　ご飯を食べます。（吃飯。）

　　　→ご飯を食べろ。（把飯吃下去。）

　　　→ご飯を食べなさい。（把飯吃下去吧。）

　　　　ここに来ます。（來這裡。）

　　　→ここに来（こ）い。（到這裡來！）

　　　→ここに来（き）なさい。（到這裡來吧。）

　　　　英語を勉強します。（學習英語。）

　　　→ 英語を勉強しろ。（學英語！）

　　　→ 英語を勉強しなさい。（學英語吧。）

　　　　強い命令形の否定 DF＋な

　　　　（強硬命令形的否定 DF＋な）

　　　　飲むな　食べるな　来るな（別喝！別吃！別來！）

⑹意志表現（意志形）（13-9 參照）（〈參照 13-9〉）

動詞 1　DF（語幹）＋（お列語尾）＋う

（動詞 1　原形（詞幹）＋（お段詞尾）＋う）

　　飲む（まみむめも）＋う→ 飲もう（喝吧！）

動詞 2、動詞 3　ないF（語幹）＋よう

（動詞2、動詞3　ない形（詞幹）＋よう）

　食べる（食べない）＋よう→食べよう（吃吧！）

　来る（来ない）＋よう→来よう（こよう）（來吧。）

　する（しない）＋よう→しよう（做吧。）

　ビールを飲む→ビールを飲もう

　（喝啤酒 → 喝啤酒吧。）

　昼ご飯を食べる→ 昼ご飯を食べよう

　（吃午飯 → 吃午飯吧。）

　明日来る→ 明日来よう（明天來 → 明天來吧。）

　勉強する→ 勉強しよう（學習 → 學習吧。）

ますFの場合は、「〜ましょう」となります。

（ます形變成〜ましょう）

ビールを飲みます→ビールを飲みましょう

明日来ます→ 明日来ましょう

(7)意志 F・がる（意志形・がる）13-3 参照

　これは動詞を作る接尾語です。

　（這是構成動詞的接尾詞。）

　これは、い形容詞語幹、な・に名詞、動詞（たいF語幹）に接続します（接在い形容詞幹，な・に名詞、動詞〈たい形詞幹〉之後。）

A.い形容詞

(A) 感情を示すい形容詞（表示感情的い形容詞）

　うるさい（煩躁的）、嬉しい（高興的）、惜しい（惋惜的）、面白い（有趣的）、欲しい（希望、需

要的）、恐い（可怕的）

うるさがる、嬉しがる、惜しがる、面白がる、欲し
がる、恐がる

彼はその本を欲しがっています。（他想要那本書。）

(B) 感覚

暑い（熱的）、痛い（疼的）、苦しい（難受的）、
寒い（冷的）

暑がる、痛がる、苦しがる、寒がる

彼女は寒がっています。（她感到冷。）

B. 感情を示すな・に名詞（表示感情的な・に名詞）

いや（討厭）、残念（遺憾）、不思議（不可思議）、
不便（不方便）、迷惑（麻煩）

彼女はその人をいやがっています。（她討厭那個人。）

彼は過去の過ちを残念がっています。

（他對過去所犯的錯誤感到很遺憾。）

(C) たいＦ語幹＋たがる　希望表現たいＦは三人称に使用
　　　　　　　　　　　　できないから、この形を使用
　　　　　　　　　　　　します。

（たい形詞幹＋たがる "希望表現たい形" 不能使用於
第三人稱，所以使用這種形式。）

×　彼は日本へ行きたい。

→　彼は日本へ行きたがっています。（他很想去日本。）

(D) 例外　い形容詞一般

A. 振りをするの意味（裝做～樣子的意思）

強い→ 強がる（強的 → 逞強）、新しい→ 新しがる
（新的 → 趕新潮）、弱い→ 弱がる(弱的 → 裝弱。)
私の兄は強がっています。（我的哥哥很逞強。）

B.「可愛がる」は感情ではなく、実際の行動を示します。

（"可愛がる"已經不是表示感情而表示實際行動了。）

妹は猫を可愛がっています。（妹妹很喜愛貓。）

(8)許可と禁止（允許與禁止）

許可　動詞（てＦ）＋もいいです

禁止　動詞（てＦ）＋はいけません

質問1　ここに、入ってもいいですか。

（進這裡〈也〉可以嗎？）

答え1　はい、入ってもいいです。（是的，可以進。）

　　2　はい、いいです。（是的，可以。）

　　3　はい、どうぞ。（是的，請進。）

　　4　いいえ、入ってはいけません。（不，不可以進去。）

　　5　いいえ、困ります。（不，不行啊。）

　　6　いいえ、だめです。（不，不行。）

10 助詞（助詞）

まえがき（序）

世界に約3,000の言葉がありますが、これらは三つに分けることが出来ます。一つは孤立語（中国型）、二番目は屈折語（英語型）、もう一つは膠着語（日本語）で、日本語と同じ型の言語に韓国語、蒙古語、タミール語、トルコ語、フィンランド語などがります。

これらの言葉は文法関係を示す短い言葉が言葉を結ぶために使われています。日本語の場合、これらは助詞と呼ばています。

（世界上大約有3,000多種語言，它們可分爲三種類型。一是孤立語（漢語型），二是屈折語（英語型），還有一種就是膠著語（日語型）。與日語同類的有韓國語、蒙古語、塔密爾語、土耳其語、芬蘭語等）。

（這些語言是以表示語法關係的短小的詞語聯接起來的。日語中把它們稱爲助詞。）

例えば、次の言葉の集まりを助詞無しで理解することはできません。

（舉例來説，下面的單詞結合如沒有助詞，就無法理解其意。）

鈴木さん（鈴木）、友達（朋友）、佐藤さん（佐藤）、
先生（老師）、紹介します（介紹）

1. 鈴木さんが友達を佐藤さんの先生に紹介します。

（鈴木將朋友介紹給佐藤的老師。）

2. 鈴木さんを友達が佐藤さんと先生に紹介します。

（朋友將鈴木介紹給佐藤和老師。）

3. 鈴木さんに友達を佐藤さんの先生が紹介します。

（佐藤的老師將朋友介紹給鈴木。）

このように、日本語に於ける助詞は文を作るとき、重要
な役目を持っております。日本語を正しく使うために、
私たちは助詞の使い方を十分に勉強することが必要な
のです。

（所以説，日語中的助詞在造句方面有著很重要的作用。
爲了正確地使用日語，我們有必要充分學習助詞的使用方
法。）

ここで全ての助詞を説明することはできませんから、主
なものだけを取り上げることにします。

（在這裡不可能對所有助詞逐一説明，只選擇其中主要的
部分做一説明。）

10-1　が

普通一つの文の中に二つの"が"は出てきません。

（一般來説，一個句子當中不會出現兩個"が"。）

(1)事実と現象表現（表示事實及現象。）

　　雨が降ります。（下雨了。）

　　風が吹きます。（刮風了。）

　　蛇(び)が恐いです。（怕蛇。）

(2)存在文２場所に＋主語が＋あります／います。

　　机の上に本があります。（桌子上有書。）

　　教室の中に先生がいます。（教室裡有老師。）

(3)意志表現（意欲表達）

　　（私は）紅茶が飲みたいです。（〈我〉想喝紅茶。）

　　（私は）アメリカ映画が好きです。

　　（〈我〉喜歡美國電影。）

(4)可能表現（可能表達）

　　私はドリアンが食べられます。

　　（我能吃榴蓮果(durian)。）

　　彼は日本語が話せます。（他能講日語）。

(5)主語が疑問詞の時、およびその答えが肯定文の時

　　（主語是疑問詞時，其回答句是肯定句的時候。）

　　何がそこにありますか。バナナがそこにあります。

　　（那裡有什麼？那裡有香蕉。）

(6)知覚(ちかく)表現（知覺表達）

　　頭が痛(いた)い。（頭痛。）

　　お腹(なか)が痛い。（肚子痛。）

　　変(へん)な味(あじ)がします。（有點怪味道。）

(7)強調表現（強調表達）

主語は唯一の意味を含んでいます。（主語是唯一的。）

私が父親です。（我是父親。）

彼が行きます。（他去。）

(8)～は＋～が＋形容詞（～は＋～が＋形容詞）

象は鼻が長い。（象的鼻子長。）

名詞＋は：主題を示す。（名詞＋は：表示主題。）

名詞＋が：主語を示す。（名詞＋が：表示主語。）

象というのは鼻が長い。（象這種動物鼻子長。）

つまり、象は長い鼻を持っているという意味です。この
独特の表現は主語が二つあるようにみえて、他の言語に
このような表現はありません。

（即，象有著長鼻子的意思。這種獨特的表現，使人覺得
有兩個主語，這在其他的語言中是沒有的。）

10-2　は

助詞"は"は一つの文中の中で、他の助詞の代わりに使
うことが出来ます。

（助詞"は"在一個句子中，可代替別的助詞來使用。）

日曜日は私は本は読みたくはありません。

（星期天我不想讀書。）

日曜日に私も本を読みたくはありません。

（星期天我也不想讀書。）

(1)です文の主語を示す。（表示"です"句中的主語。）

これは本です。（這是書。）

この自動車は安全ですか。（這輛汽車安全嗎？）

(2)存在文Ⅰ　主語は場所にあります／います。

　（存在句Ⅰ　主語は場所にあります／います）

　鉛筆と切手は箱の中にあります。

　（鉛筆和郵票在箱子裡。）

　先生は今、学校にいます。（老師現在在學校裡。）

(3)比較（比較）

　彼のお兄さんは大きくて、彼女のお兄さんは小さいで
　す。

　（他的哥哥很大，她的哥哥很小。）

(4)否定文（否定句。）

　私はリンゴは食べません。（我不吃蘋果。）

　学校に先生は居ません。（學校裡沒有老師。）

(5)強調（強調）

　私も勉強はします。（我也學習。）

　スリランカカレーは大好きです。（我很喜歡斯里蘭卡
　咖哩。）

(6)対応文（對應句）

　これは私のカバンで、あれはあなたのカバンです。

　（這是我的書包，那是你的書包。）

　日本は小さいが、中国はとても大きい。

　（日本小，而中國很大。）

10-3 の

(1)名詞＋の＋名詞

  A 修飾 ／ 所有（修飾 ／ 所有）

  学校の先生（學校的老師）

  私の本（我的書）

  B "～である／～にいる" の意味

   （具有 "～である／～にいる" 的含意。）

  医者のおじさん（當醫生的叔叔）

  東京のおじさん（在東京的叔叔）

(2)名詞＋の＋動詞＋名詞——名詞句

  （名詞＋の＋動詞＋名詞——名詞句）

  主語を示す "が" の代わりに使用されます。

  （可代替表示主語的 "が" 使用。）

  私の買った本（我買的書）

  雨の降る夜（下雨的夜晚）

  彼の見た映画はよくありません。

  （他看的電影不好。）

(3)強調（強調）

  彼はまた来るのね。（他還來吧。）

  行くの行かないのって勝手にしなさい。

  （去還是不去隨你便。）

10-4　に

(1)動作、作用の行われる空間的な場所または位置を示します。（表示動作、作用的空間場所或位置。）

彼は郵便局にいます。（他在郵局。）

学校に今日誰も居ません。（學校裡今天誰也不在。）

この紙に名前を書いて下さい。

（在這張紙上寫上名字。）

(2)時間／順序を明示、限定する。

（明示、限定時間／順序。）

8時に学校に行きます。（8點去學校。）

三番目にきて下さい。（請你第三個來。）

(3)到着の場所。（到達的地點。）

家に帰ります（回家）

部屋に入ります（進屋）

(4)動詞＋に＋動詞（動詞＋に＋動詞）

食べに行きます。（去吃飯。）

薬を飲みに帰ります。（回去吃藥。）

(5)分離（分離）

これを三つに分けます。（把這個分成三份。）

リンゴを二つに切って下さい。（把蘋果切成二半。）

(6)並列／対比／とりあわせ（並列／對比／合成〈配合〉）

すしに、てんぷらに、すき焼きは日本料理です。

（壽司、油炸什錦、壽喜燒是日本菜。）

柳に燕（柳樹與燕子）　梅に鶯　（梅花與鶯）

(7)習慣／規則（習慣／規則）

"〜になっている"はすでに決っているとき、

（〜になっている"是表示已經決定了）

"〜にしている"は個人の意志により決められるとき

（ "〜にしている"表示被某個人決定了。）

この学校は8時に始まることになっています。

（這所學校規定早上 8 點開始上課。）

私は夜 10 時半に寝ることにしています。

（我每天夜裡到 10 點半就睡覺。）

(8)逆説（逆接）

動詞／形容詞＋のに（動詞／形容詞＋のに）

買わないというのに持ってきました。

（説了不買卻＜硬是＞拿了過來。）

あまりよくないのに買ってしまった。

（不太好，但卻買了。）

(9)副詞を作る（構成副詞）

な・に名詞：きれいに、安全に、立派に

（な・に名詞：整潔地、安全地、出色地）

とくに、すでに、単に、現に、たがいに、ただちに、

わりに、時に、ならびになど（特別，已經，單單，實

際上，互相，立刻，比較，時而，順便等。）

庭の花がきれいに咲いています。（庭院裡的花兒開得很美。）

(10)間接目的　人を示す名詞／人称代名詞

（間接賓語　表示人的名詞／人稱代詞）

李さんはお母さんに手紙を書きました。

（小李給母親寫了信。）

私は彼に本をあげました。（我把書送給了他。）

(11)受身の場合は後で説明します。（關於被動形的用法將在後面加以説明。）

10-5　を

(1)直接目的（直接賓語）

水を飲みます。（喝水）

鉛筆を三本買いました。（買了三支鉛筆。）

(2)通過場所（通過的場所。）

あの道を通ります。（通過那條路。）

階段を降ります。（下樓梯。）

(3)出発の場所／起点（出發場所／起點。）

バスを降ります。（下公共汽車。）

教室を出ます。（出教室。）

(4)する名詞＋を（する名詞＋を）

勉強をします。（學習。）

努力を続けて下さい。（請繼續努力。）

(5)使役の場合は後で説明します。

　（使役形的用法將在後面説明。）

10-6　と

(1)名詞の並列（名詞的並列）

　鉛筆と消しゴム（鉛筆和橡皮擦）

(2)同伴／相手（同伴／對手）

　母と行きます。（與母親一同去。）

　彼は映画を山田さんと見ます。

　（他和山田一起看電影。）

(3)引用（引用）

　妹は明日行くと思います。

　（我想妹妹可能會明天去。）

　頑張れと言いました。（説加油。）

(4)比較（比較）

　〜と同じ、〜と違っている、〜と同等

　（與〜一様、與〜不一様，與〜同等。）

　これとそれとどちらが良いですか。

　（這個與那個，哪一個好？）

(5)動詞／文の接続（動詞／句子的連接）

　見ると解ります。（一看就會明白。）

　春がくると花が咲きます。（春天一來，花就開了。）

10-7　で

(1)行為 ／ 活動の場所（行爲 ／ 活動的場所）

学校で電話を掛けました。（在學校打了電話。）

会議は東京で開きます。（會議在東京開。）

(2)行為を行う組織を示す。（表示進行某種行爲的組織。）

それは警察で調べます。（那個由警察來調査。）

(3)条件 ／ 制限（條件 ／ 限制）

一万円で売ります。（一萬日元就賣。）

そこまで一日で行けます。（只要一天就可以到那兒。）

(4)方法 ／ 手段（方法 ／ 手段）

電話で聞いて下さい。（打電話問一下吧。）

私のカメラで取って下さい。（用我的照相機照吧。）

(5)理由 ／ 原因（理由 ／ 原因）

彼のおかげで電車に遅れました。

（因爲他，沒有趕上電車。）

クーラーがあるので、暑くてもよく寝られます。

（因爲有空調，熱也能睡好。）

10-8　場所の助詞（場所助詞）

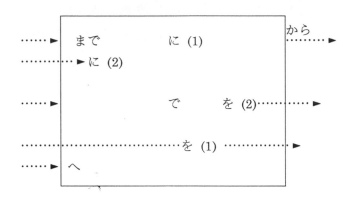

に(1)：存在（存在）、に(2)：到着／入る場所
　　　　　　　　　　　　　（到達／進入的場所）
を(1)：通過（通過）、を(2)：出発／出る場所
　　　　　　　　　　　　　（出發／出來的場所）
で：行動／動作／作用（行動／動作／作用）
から：出発点／起点（出發點／起點）
まで：到着点（到達點）
へ：方向（方向）
　　(1)今、学校にいます。（現在在學校裡。）
　　(2)八時に学校に着きます。（八點到學校。）
　　(3)学校で電話します。（在學校打電話。）
　　(4)階段を下ります。（下台階。）

(5)電車を下ります。（下電車。）

(6)学校から駅まで15分です。

　　（從學校到車站 15 分鐘。）

(7)学校へ行きます。（到學校去。）

会話の場合、"に"と"へ"はほとんど同じ意味で使用されています。

（在會話裡「に」和「へ」意思幾乎相同。）

学校に行きます。（到學校去。）

学校へ行きます。（到學校去。）

10-9　名詞のつなぎ（名詞的連接）

名詞＋助詞＋名詞

の：修飾（修飾）

と：示した名詞に限定（限定提示的名詞）

　　コーヒーと紅茶を用意します。

　　（用意するのは二つだけ）

　　（準備咖啡和紅茶。）（只準備兩種。）

や：示した名詞以外を含んでいます。

　　（包括所提示的名詞以外的名詞。）

　　コーヒーや紅茶を用意します。

　　（この二つ以外にも用意してあることを示す）

　　（準備咖啡和紅茶等。）（表示還準備了兩種以外的東西。）

に：そのものに付け加える。（添加）

　　竹に雀（竹藪には常に雀がいると言う意味）

　　（竹林中有雀〈是説在竹林中常有麻雀的意思〉）

　　鬼に金棒（強い鬼に金棒を加えてより強いことを示

　　　　す）

　　（鬼加金棒〈説明在很厲害的鬼身上再加上金棒就更

　　加厲害了〉）

か：選択（選擇）

　　コーヒーか紅茶、どちらにしますか。

　　（咖啡和紅茶〈您〉要哪一個？）

　　犬か猫のどちらが好きですか。

　　（狗和貓，喜歡哪一個？）

および：助詞ではなく、接続詞，英語のand にあたる。

　　（不是助詞，屬於接續詞，相當於英語的 and）。

　　小学生および中学生は入場が許可されません。

　　（小學生及中學生不准入場。）

10-10　材料（材料）

(1)原材料が解るとき、（能看出原材料的時候）

　A.で

　　この机は木で作ります。（這個桌子是木製的。）

　　このジャムは苺でつくりました。

　　（這個果醬是用草莓製成的。）

B.の

木の舟（木船）、金の指輪（金戒指）

(2)原材料が解らないとき、から

（看不到原材料時，用から）

ビールは大麦から作ります。

（啤酒是用大麥醸造的。）

ガラスは何から作りますか。

（玻璃是用什麼製成的呢？）

10-11　比較（比較）

(1)と

リンゴと梨とどちらが美味しいですか。

（蘋果與梨哪一個好吃？）

この傘とあの傘とどちらも良いです。

（這個傘和那個傘，哪一個都不錯。）

(2)より

このバナナよりあれが美味しいです。

（那根香蕉比這根好吃。）

あの方がこれより新しいです。（那個比這個新。）

これよりあれがよいでしょう。

（那個比這個要好吧。）

(1)普通のつながり、動作、行動を並べて示すとき
　　（表示一般的連接、動作、行動的並列）
A 発展（發展）：から、ので、て、と など
　　よい天気ですから、行きましょう。
　　（天氣很好，去吧。）
　　子供なので、よく解りません。
　　（因爲是孩子，所以不太懂。）
　　家に帰って、すぐ寝ました。
　　（回到家裡，馬上睡了。）
B 仮定条件（假定條件）：ば、と など
　　あなたが行けば、彼も行きます。
　　（如果你去，他也去。）
　　彼女が帰ると、彼はきっと帰るよ。
　　（她回去的話，他肯定會回去的。）
(2)逆接的つながり（逆接）
A 対照（対照）：けれど（も）、のに、が、ながら、
　　など
　　私が止めたけれども、彼は行きました。
　　（我雖然阻止了，但他還是去了。）
　　知っていますが、思い出せません。
　　（雖然知道，但想不起來。）

B 仮定的条件（假定條件）：ても、でも　など

私が行っても、彼は行かないでしょう。

（即使我去，他也不一定去吧。）

(3)その他（其他）

A 等位／同格／その上（等位／同格／之上）：し、
ながら、たり　など

のども乾くし、お腹もすいてきた。

（嗓子也乾，肚子也餓。）

タバコを飲みながら、運転します。

（邊抽烟，邊開車。）

手紙を書いたり、テレビを見たりします。

（寫寫信，看看電視。）

B 継続：て、と　など（持續）

家に帰って、すぐ勉強しました。

（回到家以後，馬上就學習了。）

10-13　文のおわり（句子的結束）

(1)確認（確認）：さ、よ、ね、など

私がさ、教えてあげるからさ。（我來教你吧。）

勉強を始めましょうよ。（開始學習吧。）

これでよいですね。（這樣可以吧。）

(2)質問（提問）：か、の（女性用語）（女性用語）

行きますか。／行きますの。

（去嗎？〈女性用語〉）

⊙ 語調は語尾で高くなります。

　（句尾的語調要提高。）

(3)感嘆（感嘆）：な、よ、わ（女性用語）（女性用語）

　これは素晴らしいな／よ。これは素晴らしいわ。

　（這真是好極了。）

(4)禁止（禁止）：な

　ここに入るな。（不準入内。）

　ここで写真を取るな。（此處不得拍照。）

(5)強調（強調）：ぞ

　これは難しいぞ。（這很難啊。）

　私は知りませんぞ。（我可不知道啊。）

(6)呼掛け（打招呼）：や

　これは子供に使われます。（被孩子使用。）

　太郎（子供の名前）や、早く寝なさい。

　（太郎啊，早點睡吧。）

11 文の中の言葉の順序 （句子中詞語的順序）

日本語の語彙に精通するだけでなく、次の課題は言葉を他の言葉とどの様に並べ順序ずけるかです。

（通曉了日語的語彙後，下一個課題就是要了解詞和詞的排列順序。）

11-1 英語（英語）

例えば英語 "Mr. Yamada sees Mr. Smith" の文は、同じ単語を使っているからと言って "Mr. Smith sees Mr. Yamada" と同じではありません。

"Mr. Yamada has a book" を "A book has Mr. Yamada" と変えれば、両方の文が同じ単語を使っていると言っても、後の文は意味の無いものになります。

言葉の順序は英語の場合、非常に重要できちんとしています。

（拿英語來説，"Mr. Yamada sees Mr. Smith" 與 "Mr. Smith sees Mr. Yamada" 雖然用的是同樣的單詞，但意思卻不同。）

（ "Mr. Yamada has a book" 及 "A book has Mr. Yamada" 這兩個句子，雖然用的是同樣的單詞，但後一

句卻不通。）

（單詞的順序在英語中，非常重要，並且很嚴謹。）

11-2 日本語（日本語）

しかし、日本語の語順は英語ほどきちんとしていません。（但是，日語的單詞排列順序卻不像英語那樣嚴謹。）

　　山田さんは木村<ruby>村<rt>きむら</rt></ruby>さんを見ます。

　　（山田先生看木村先生）

　　山田さんは見ます木村さんを。

　　木村さんを山田さんは見ます。

　　見ます山田さんは木村さんを。

　　見ます木村さんを山田さんは。

日本語で上の六つの文は同じ意味で、日本人はどれでも分かります。

けれども、日本語は語順に全<ruby>全<rt>まった</rt></ruby>く無関係だと言うのではありません。もし、前の章で勉強した助詞、上の文では"は""を"取り除くと、日本人でも意味は正確<ruby>正確<rt>せいかく</rt></ruby>に分かりません。

（以上的六個句子在日語中是同樣的意思，哪一句日本人都能聽懂。）

（但是，並不是説日語和語順毫無關係。如果將前一章中學習過的助詞，即上文中的"は"與"を"去掉的話，日

本人也難以正確地理解其意了。）

11-3 言葉の順序（詞語的順序）

言葉の順序はあまり厳格とは言えませんが、だいたい次
のような規則があります。

（單詞的排列順序雖不很嚴格，但大體上有以下的規則。）

　　主語＋述部（主部＋謂語部分）

　　＝主語＋補語／目的＋動詞／助動詞。

　　（＝主語＋補語／賓語＋動詞／助動詞。）

　　私は　毎日　食堂で　ご飯を　食べます。

　　　　　　1　　　2　　　　3

　　（我每天在食堂吃飯。）

　　語／句、1、2、3は述語、食べますを修飾します
　　が、これら修飾語の順序は特に決っていません。

　　（語／句1、2、3屬於謂語，修飾"食べます"，
　　這些修飾語的順序就沒有特別的規定。）

上の例で言えば、五つの型が可能です

（以上面的句子爲例，可有五種説法。）

私は（我）	1＋3＋2	食べます（吃）
	2＋1＋3	
	2＋3＋1	
	3＋1＋2	
	3＋2＋1	

◉ 単文：主語と述語の関係が一回だけ成立する場合を言います。

（單句：指主語與謂語的關係只成立一次的情況）

述語（動詞／助動詞）は次の順序を取ります。

述部＝動詞1＋態2＋アスペエクト3＋時制4＋叙法5

（謂語〈動詞／助動詞〉順序如下）

（謂語部分＝動詞1＋詞態2＋狀態3＋時態4＋叙述法5）

会社(かいしゃ)はほとんどの社員(しゃいん)に　残業(ざんぎょう)　させ　て　いた
　　　　　　　　　　　　　　　　　　　1　　　2　　3　　4

ようです。
　　5

（公司好像讓幾乎所有的職員加了班。）

11-4　句と節（句與節）

(1)句：主語と述語を特たない二つ以上の言葉のグループが文の一部となっている場合を言います。

（指句子的一部分，是無主語和謂語的兩個以上單詞的組合。）

昨日買った本はこれです。

（昨天買的書是這個。）

(2)節：主語と述語を持った言葉のグループが文の一部となっている場合を言います。（指句子的一部分，

是有主語及謂語的單詞的組合。)

<u>私の（が）昨日買った本</u>はこれです。

（我昨天買的書是這個。）

11-5　一般的な規則（一般性規則）

(1)文において、主語が初めにきて述部がそれに続きます。

（在句子中，主語在前，謂語在後。）

(2)修飾語は修飾される言葉の前にきます。

（修飾語在被修飾的單詞的前面。）

形容詞は名詞の前、副詞は形容詞／動詞／他の副詞の前にきます。

（形容詞在名詞的前面，副詞在形容詞／動詞／及其它副詞之前。）

時々、修飾語として動詞が名詞の前に来ることがあります。

（有時，動詞作爲修飾語常常在名詞前面出現。）

(3)修飾語間の順序に規則はありませんが、一般的に言えば、

（修飾語之間的順序沒有特殊規定，但一般來説）

A 修飾句は修飾語の前に置かれます。

（修飾句放在修飾語之前。）

B 長い修飾語句は短い修飾語句の前にきます。

（長的修飾語句放在短的修飾語句之前。）

(4)時により主語は文の始めに来ないことがありますが、
　述語は文の終わりに置かれます。

（根據情況，主語有時不在文章的開頭，但謂語都是在
句尾。）

11-6　倒置（倒裝）

既に調べた通り日本語の語順は英語や他の言葉に比べて
そんなに厳しくありませんから、日本語では修辞的に語
順を変えることがあります。

（如上所述，日語的語順並不像英語或其它語言那樣嚴
格，所以日語可根據修辭需要改變其單詞的順序。）

　美しい山です富士山は。（富士山是一座美麗的山。）
　来るでしょうすぐ彼は。（他馬上就會來的。）

11-7　表現の形（表現形式）

日本語の文章は人との関係、置かれた状況などによって
次の三つの形で書かれたり、話されたりします。

（日語的文章，根據對人的關係、所處的狀況等可分爲以
下三種形式。）

(1)だ／辞書の形　普通形として友人／知人間の非公式
　な使用

（だ／原形，作爲普通形式在友人及熟人間等非正式
場合使用。）

(2)です／ますの形　丁寧形として公式な使用、また手紙
文／記述文などに使用

（です／ます形，做爲鄭重形用於正式場合、書信及記
述文中。）

(3)である形　記述文、演説などに使用（である形用於記
述文、演説中。）

同じ表現の形は一つの関連文が終わるまで変えないで使
うことが必要です。

（同様的表現形式應始終貫穿全文，直到結束。）

12 文と文のつながり （句子與句子的連接）

12-1 五つのつながり方（五種連接方法）

前の章で、どのように文を作るかを勉強しましたが、次にこれらの文と文をどのようにつなげるかの勉強が必要です。つなげ方は次のように五つあります。
（前一章中我們學習了如何造句，以下我們將學習如何將句子與句子連接起來。連接的方法有以下五種。）

(1)繰り返し（反覆）

　私は動物が好きです。特に犬が好きです。

　（我喜歡動物。尤其喜歡狗。）

　手紙がきました。待っていた母の手紙です。

　（來信了。是等待已久的媽媽的信。）

(2)接続詞を使います。（使用接續詞）

　ご飯を食べました。けれどもお腹がすいています。

　（吃過飯了，但肚子還餓。）

　その映画は面白そうです。そこで、みんなで見に行くことにしました。

　（那個電影好像很有意思。所以，大家決定一起去看。）

(3)接続助詞を使います。（使用接續助詞）

ご飯を食べましたが、まだお腹がすいています。

（雖然吃了飯，但還是肚子餓。）

その映画は面白そうなので、みんなで見に行くことにしました。

（因爲那個電影好像很有意思，所以大家決定一起去看。）

(4)指示代名詞を使います。（使用指示代詞）

彼は自分だけ別だと考えています。この考えが問題です。

（他認爲只有自己是特殊的。這個想法有問題。）

四月になれば春です。それは桜（さくら）の季節（きせつ）です。

（到了四月就是春天了。那是櫻花的季節。）

(5)ますF（語幹）、い形容詞（－く）、な形容詞（－で）を使います。

（使用ますF〈詞幹〉、い形容詞〈－く〉、な形容詞〈－で〉。）

雨が止み、日（ひ）がさしました。（雨過天晴。）

荷物（にもつ）を二つ持ち、タクシーで行きました。

（手提兩包行李，搭計乘車去了。）

ここは、冬は暖かく、夏は涼しいです。（此處冬暖夏涼。）

服装（ふくそう）はいつも立派で、態度は落（お）ち着（つ）いています。

（總是服裝整潔，舉止穩重。）

文＋接続助詞＋文＝重文／複文　2つ以上の文でもよい。

（句子＋接續助詞＋句子＝重疊句 ／ 複句　兩個以上的句子也可。）

重文：二つ以上の文が結び付いて、お互いに対等であるとき

（重疊句：兩個以上的句子連結在一起，相互之間是對等關係。）

複文：二つ以上の文が結び付いて、主従の関係があるとき

（重複句：二個以上的句子連接在一起，且有主從關係。）

日本語の場合、主文は後の文となるのが普通です。

（在日語中，主句在後的情況很普遍。）

12-2　接続詞（連接詞）

接続詞は変化をすることなく、主語、述語、修飾語として使われることはありません。接続詞は一つの文が終わって、次の文の初めに置かれます。「および」「それに」などは例外です。

（接續詞沒有變化，也不能用做主語、謂語、修飾語。接續詞一般在一個句子結束後，放在下一個句子開始的地方。「および」「それに」等是例外。）

反対に、接続助詞（10章参照）は初めの文の後に付きます。

（相反，接續助詞（參考第 10 章）放在第一個句子的結尾處。）

接続詞の三つの使い方（接續詞的三種用法）

(1)単語と単語、文節と文節を結びます。

　及び、それに など

　（連接單詞與單詞，文節與文節。如“及び”、“それに”等。）

台湾および韓国は素晴らしく発展した。

（台灣及韓國發展得很出色。）

美味しくてそれに植段が安いです。

（味美而且價廉。）

(2)状況／話題の変化（狀況／話題的轉換）

　さて、ところで、では／じゃ、それでは／それじゃ

　（那麼）

日本の米は美味しい。では他の国のはどうだろうか。

（日本的米很好吃。那麼其他國家的如何呢？）

みんな揃いましたね。それでは試験を始めます。

（大家都到齊了吧。那麼開始考試了。）

(3)文と文を結びます。（連接句子與句子。）

　これには六つの型があります。（有六種形式。）

　A 発展／展開／順接（發展／展開／順接）

　　初めの文は原因／理由を示し、次の文は結果／結末を示します。

　　（第一句提示原因／理由、第二句提示結果／結

束。）

だから、それで、したがって、そこで、すると、そしたら など（所以、従而、那麼、那様的話等。）

雨が降りました。だからハイキングは中止になりました。（下雨了，所以郊遊中止了。）

B 矛盾／逆（矛盾／逆接）

初めの文に比べて、つぎの文は対立または調和しないことを示します。

（表示第二句與第一句的對立或不協調。）

でも、けれど、しかし、ところが、ただし、とはいえ など

（雖然……但是，但是，雖然説……可是，等）

日本に行きたい。しかしなかなか行けない。

（想去日本。但卻很難去成。）

映画を見に行きたい。でも明日は試験があるから勉強しよう。（想去看電影。可是因爲明天有考試所以還是用功吧。）

C 選択／比較（選擇／比較）

前の物と後の物を選択／比較します。

（將前者與後者作一選擇／比較。）

それとも、あるいは、または、もしくは など（或者。）

バナナにしますか、それともマンゴーにしますか。

（要香蕉，還是芒果？）

李さんまたは鈴木が一番になるでしょう。

（李或者鈴木可能會得第一吧。）

D 説明／例示（説明／例示）

後の文は初めの文に対し説明を与えたり、追加／制限を与えます。

（後句對前句加以説明，補充／限制等。）

つまり、すなはち、ただし、たとえば、なぜなら など（就是説，即，只是，比如説，因爲……。）

日本の夏は蒸し暑い。なぜなら湿度が高いのです。

（日本的夏天悶熱。因爲〈日本的氣候〉濕度很高。）

スリランカは小さい国です。例えば日本の北海道と面積はだいたい同じです。（斯里蘭卡是一個小國。説起來和日本的北海道面積大體相同。）

E 追加／累積（補充／累加）

初めの文に次の文が付け加えられます。

（在原句後再加上後一句。）

そのうえ、しかも、そして、それに／なお、また、さらに、それから など（そのうえ，しかも，そして，それに意爲"而且還……"、尚且、又、更加、之後等）

強い風が吹きました。そのうえ雨も激しく降り出しました。（刮起了強風，而且雨下得也很猛。）

動物園に行きました。それからデパートに買物に行

きました。

（去了動物園。然後去百貨公司買東西了。）

F 話題の転換（話題的轉換）

ところで、さて、ときに、つぎに、では／じゃ　など

（那麼，有時，然後，那麼／那麼等）

ご馳走になりました。では失礼します。

（承蒙款待，那麼再見了。）

昨日はどうもありがとう。ところでお母さまの具合はいかがですか。

（昨天謝謝了。對了，您母親的身體〈病情〉怎麼様？）

13 助動詞（助動詞）

まえがき（序）

助動詞は動詞／助動詞の後に付いて、そこに違った意味を加えたり、話手の考え、感情などを付け加えます。（助動詞接在動詞／助動詞的後面，補充説明另外的意思、説話的人的想法、感情等。）

例

　　まだ手紙を読まない。（還沒有看信。）（否定）（否定）

　　今手紙を読みます。（現在看信。）（丁寧）（鄭重）

　　さあ、手紙を読もう。（來，看信吧。）（意志）（意志）

　　昨日手紙を読みました。（昨天，看過信了。）（丁寧、過去）（鄭重、過去）

　　それは母の手紙です。（那是母親來的信。）（確認）（確認）

　　これは父からの手紙らしい。（這好像是父親來的信。）（推量）（推量）

　　この映画は面白いそうです。（這個電影聽説很有意思。）（噂）（傳聞）

助動詞は次のように他の助動詞につながります。

彼に本を読ま<u>せる</u>　　　　　　　（使役）（使役）
　　　　　　<u>られる</u>　　　　　　（受身）（被動）
　　　　　　　<u>ます</u>　　　　　　（丁寧）（鄭重）
　　　　　　　　<u>せん</u>　　　　　（否定）（否定）
　　　　　　　　　<u>です</u>　　　　（確認）（確認）
　　　　　　　　　　<u>した</u>　　　（かこ）（過去）
　　　　　　　　　　　<u>よう</u>　　（推量）（推量）
　　　　　　　　　　　　ね（確認の助詞）

　　　　　　　　　　　　（確認形的助詞）

彼に本を読ませられませんでしたようね。

（好像沒有被他逼著念過這本書吧。）

ここですべての助動詞の使い方や動詞とのつながり方を
勉強できませんから、話し手の感情、意志表現の助動詞
の一部を調べます。

（在這裡不可能講述所有的助動詞的用法及其與動詞的連
接法，所以我們只學習一下關於表現說話人的感情、意志
的一部分助動詞。）

13-1　受身（被動）
<small>うけ　み</small>

ないF（語幹）＋れる／られる　9章 9-3(3)参照

（ない形〈詞幹〉＋れる／られる　参照第 9 章 9-3〈3〉）

N1はN2に／によって／から　ないF(語幹)＋れる　動

－1／られる　動－2。

（ N1はN2に／によって／から　ない形〈詞幹〉＋れる
動詞－1／られる動詞－2 ）

私は彼を起こします。（ 我叫醒他。 ）

→ 彼は私によって起こされます。（ 他被我叫醒。 ）

会を三時に開きます。（ 三點開會。 ）

→ 会が三時に開かれます。（ 會議〈將〉在三點開。 ）

大きい魚は小さい魚を食べました。（ 大魚吃小魚。 ）

→ 小さい魚は大きい魚に食べられました。

（ 小魚被大魚吃掉了。 ）

みんなが彼を笑います。（ 大家都笑他。 ）

→ 彼はみんなから笑われます。（ 他被大家笑話。 ）

雨が降ります。（ 下雨了。 ）

→ （ 私は ）雨に降られました。（ 〈我〉被雨淋了。 ）

（ 迷惑の受身、自動詞の受身 ）

（ 受害被動、自動詞被動 ）

13-2　使役（ 使役 ）

たいF（ 語幹 ）＋せる／させる

（ たい形〈詞幹〉＋せる／させる ）

9章 9-3(4)、本章 13-14 参照

（ 参照 9 章 9-3(4)、本章 13-14 ）

N1は／がN2を／に　ないF（ 語幹 ）＋せる　動－1

$$／させる　動－2$$

（N1は／がN2を／に　ない形〈詞幹〉＋せる　動－1

$$／させる　動－2）$$

私は絵を書きます。（我畫畫。）

→ 先生は私に絵を書かせます。

（→ 老師讓我畫圖畫。）

子供はご飯を食べます。（小孩吃飯。）

→ 母親は子供にご飯を食べさせます。

（→ 母親讓孩子吃飯。）

息子は日本に行きました。（兒子去了日本。）

→ 私は息子を日本に行かせました。

（→ 我讓兒子去了日本。）

13-3　希望、要求（希望、要求）

7章7-10、9章9-3(7)参照

（参照 7 章 7-10、9 章 9-3(7)）

　ますＦ語幹＋たい（話し手、聞き手）

　（ます形詞幹＋たい（説話人、聽話人））

　ますＦ語幹＋たがる（第三者）

　（ます形詞幹＋たがる（第三者））

　てＦ＋もらいたい／ほしい／もらおう（助動詞ではない）

　（て 形＋もらいたい／ほしい／もらおう（不是助動

詞））

N1はN2が／に　ますF（語幹）＋たい。

（N1はN2が／に　ます形（詞幹）＋たい）

N1はN2を／に　ますF（語幹）＋たがる。

（N1はN2を／に　ます形〈詞幹〉＋たがる）

N1はN2が／に　てF＋もらいたい／ほしい／もらおう。

（N1はN2が／に　て形＋もらいたい／ほしし／もらおう）

私は絵を書きます。（我畫圖畫。）

→私は絵が書きたいです。（→我想畫圖畫。）

彼は絵を書きます。（我畫圖畫。）

→彼は絵を書きたがっています。

（→他想要畫圖畫。）

君はこの薬を飲みます。（你吃這個藥。）

→この薬を飲んでもらいたい。

（（我）想讓你吃這個藥。）

君がこれをやります。（你做這個。）

→君にこれをやってもらいたい。

（我想讓你做這個。）

13-4　可能（可能）7章7-10参照

DF（語幹）＋え列語尾＋る　　動1

（DF詞幹＋え段詞尾＋る　　動1）

DF（語幹）＋られる　動2（DF詞幹＋られる　動2）
DF＋ことができる（DF＋ことができる）

　N1はN2がDF（語幹）＋え列語尾＋る　動−1
　　　　　　　　　　　　＋られる　動−2
（ N1は＋N2がDF〈詞幹〉＋え列語尾＋る動−1／られる動−2）

　　N1はN2が　DF＋ことができる。

私は日本語を読みます。（我念日語。）

→ 私は日本語が続めます。（我會念日語。）

彼はドリアンを食べます。（他吃榴蓮果）

→ 彼はドリアンが食べられます。

（他能吃榴蓮果。）

山田さんは英語を話します。（山田先生説英語。）

→ 山田さんは英語を話すことができます。

（山田先生會説英語。）

13-5　外<ruby>そと</ruby>から見て聞いて考える（様態）
（作爲旁觀者的所見、所聞與思考〈様態〉）

ある事柄<ruby>ことがら</ruby>、ある人が特定の状態にあるように見えるとき、またはある事柄が起こりそうに見えるときに、話し手はこの表現を使います。

（某事、某人看上去在特定的狀態中，或某件事情好像要發生的時候，可使用這個表達方式。）

ますF（語幹）／ないF（→な）
／い形容詞（語幹）／な、に名詞 ┐ ＋そう ＋な＋N.
　　　　　　　　　　　　　　　　　　　　　　　　＋に＋V.
　　　　　　　　　　　　　　　　　　　　　　　　＋です

名詞＋の＋ようです

雨が降ります。（下雨了。）

→ 雨が降りそうです。（好像要下雨。）

雨は降らない。（不下雨。）

→ 雨は降らなそうです。（不像要下雨）

この部屋は暑いです。（這個屋子很熱。）

→この部屋は暑そうです。（這個屋子看上去很熱。）

この部屋は静かです。（這個屋子很靜。）

→この部屋は静かそうです。

（這個屋子看上去很安靜。）

彼は先生です。（他是老師。）

→ 彼は先生のようです。（他好像是老師。）

13-6　似ている、例える（類似、比喩）

外見、状態が他の物と同じように見えるとき、この表現
を使います。

（外觀、狀態看起來與其他事物相同或相似的時候，使用
這種表達方式。）

　名詞、動詞（DF、ないF）みたい＋です

名詞の／だった
動詞（DF、ないF）
い形容詞（現在／過去形）
な形容詞（現在／過去形）

＋よう　＋です
　　　　＋な＋N/Adj
　　　　＋に＋V/Adj

あの人は熊みたいです。（那個人像熊。）

お酒を飲んだみたいです。（好像喝了酒。）

コーラのような飲物を下さい。

（請給我們可樂之類的飲料。）

君が言ったように彼は来ませんでした。

（正如你説的那樣他沒有來。）

京都はロンドンのような古い都会です。

（京都像倫敦一樣是個古都。）

例外

　〈動作の始動〉　家から出ようとしたら雨が降り出し
　　　　　　　　　ました。

　（〈動作的始動〉剛要從家裡出來就下起雨來了。）

　〈推量〉～たようです　あの事故ではたくさんの人が
　　　　　　　　　　　　死んだようです。

　（〈推量〉～たようです　在那個事故中好像死了很多
　　　　　　　　　　　　人。）

　〈意思〉　食べようと思います。（〈意志〉正想
　　　　　吃。）

13-7　過去、完了、確認（過去、完了、確認）

たF　7章　7-13⑷参照
（た形　参照　7章　7-13⑷）

13-8　否定（否定）

ないF語幹＋ないで　状態（狀態）
ないF語幹＋なくて　条件／理由（條件／理由）
行かないで家にいます。（〈我〉不去，待在家裡。）
行かなくて済みません。（對不起，我沒有去。）

13-9　意志（意志）

話し手の意志　う、よう　9章　9-3〈6〉参照
　（意志　説話人的意志　う、よう　参照9章　9-3⑹）
　動詞－1　DF語幹＋お列語尾＋う
　　　　　買う（あいうえお）→→ 買お＋う＝買おう
　　　　　（買）
　　　　　売る（らりるれろ）→→ 賣ろ＋う＝賣ろう
　　　　　（賣）
　動詞－2、動詞－3　ないF語幹＋よう
　海に行く。→→ 海に行こう

（到海邊去 → 去海邊吧。）

海に行きます。→→ 海に行きましょう。

（到海邊去 → 去海邊吧。）

こん夜は早く寝ようと思います。

（今晚想早一點睡覺。）

他人の意志を表すときは、名詞「つもり」を使って次の
ように表現します。動詞（DF、ないF）＋つもり＋です

（要表現他人的意志時，用下面的方式，加上名詞"つも
り"來表示。動詞＜DF、ない形＞＋つもり＋です。）

彼は4月に日本へ行くつもりです。

（他打算4月份去日本。）

君は何もしないつもりですか。

（你什麼也不打算做嗎？）

13-10　聞いたこと、読んだこと（伝聞）
　　　（聽到的及讀到的＜傳聞＞）

動詞（DF／ないF）／い形容詞┐
な、に名詞 ／ 名詞＋だ　　　┘＋そうです

雨が降ります。（下雨了。）

→ 雨が降るそうです。（聽説要下雨。）

明日雨は降りません。（明天不下雨。）

→ 明日雨は降らないそうです。（明天據説不下雨。）

この部屋は暑いです。（這個屋子熱。）

→この部屋は暑いそうです。（聽説這個屋子熱。）

この部屋は静かです。（這個屋子很安静。）

→この部屋は静かだそうです。

（這個屋子據説很安静。）

彼は学生です。（他是學生。）

→ 彼は学生だそうです。（聽説他是學生。）

13-11　推量（推量）

動詞（DF、ないF）＋でしょう

将来のことでも、話し手が確信を持っているときは動詞の現在形を使います。

（即使是將來的事情，只要説話者有把握也可用現在形。）

　明日は雨です。（明天下雨。）

　先生は今夜大阪に行きます。（老師今晩去大阪。）

話し手が確信を持っていないときは、推量の「でしょう」をつかいます。

（説話者没有把握的時候，就使用推量形"でしょう"。）

　明日は多分雨でしょう。（明天大概下雨。）

　先生は明日大阪に行くでしょう。

　（老師明天大概去大阪。）

副詞の「たぶん、おそらく など」は「でしょう」といっしょに使われることが多い。（副詞 "たぶん、おそら

く"等經常與 "でしょう" 一起使用。)

音がします。誰か来たようです。

（有聲音。好像有人來了。）

（ 13-6「〜よう〜を推量に使うこともあります」）

（〈13-6 "〜よう〜" 也可用於推量〉）

13-12　許可と禁止（允許與奈止）

〜て（も）＋いいです（〜也可以。）

〜て（も）＋かまいません（〜也沒關係。）

〜ては　　＋いけません（〜可不行。）

これは食べてもいいです。（這個可以吃。）

いつ来ても構いません。（什麼時候來都沒關係。）

お酒を飲んで泳いではいけません。

（喝酒以後游泳可不行。）

13-13　断定（斷定）

名詞／な、に名詞／い形容詞＋だ／です

これは私の時計です。（這是我的錶。）

これは私の時計ではありません。（這不是我的錶。）

彼女はきれいです。（她很漂亮。）

あの箱は重いです。（那個箱子很重。）

13-14　使役受身（使役被動）

A　弟は東京に行きます。（弟弟去東京。）

B　（使役表現）（使役表達）

　　父親は弟を東京に行かせます。

　　（父親讓弟弟去東京。）

C　（使役受身表現）（使役、被動表達）

　　弟は父に東京に行かせられます。

　　（弟弟被父親逼著去東京。）

動詞1　ないF語幹＋せられる

　　　　（ない形詞幹＋せられる）

　　　　飲む→→ 飲ま＋せられる（～被～喝。）

動詞2　ないF語幹＋させられる

　　　　（ない形詞幹＋させられる）

　　　　食べる→→ 食べさせられる（～被～吃。）

動詞3　来る→→ 来させられる（～被～叫來。）

　　　　私は薬を飲みました。（我喝了藥。）

　　　　私は母に薬を飲ませられました。

　　　　（我被母親逼著把藥喝下去了。）

14 副詞（副詞）

副詞は文の主語として使われず、変化することはありません。

（副詞不做主語，也沒有變化形式。）

(1)副詞は動詞、い形容詞、な形容詞、な、に名詞を修飾するのに使われます。

（副詞用於修飾動詞、い形容詞、な形容詞、な、に名詞。）

<u>ゆっくり</u>読んで下さい。（請慢慢讀。）

<u>非常に</u>大きい犬です。（非常大的狗。）

<u>とても</u>立派な人です。（很優秀的人。）

(2)副詞の中に他の副詞を修飾するものもあります。

（副詞中也有修飾其它副詞的。）

<u>もっと</u>ゆっくり読んで下さい。（請再讀慢一點。）

これは<u>ずっと</u>高くなります。（這個貴多了。）

(3)副詞の中に名詞を修飾するものもあります。

（副詞中也有修飾名詞的。）

<u>少し</u>右にお願いします。（拜託，請稍往右一點。）

<u>もっと</u>後ろです。（還要往後。）

<u>ずっと</u>昔の話です。（很早很早以前的故事。）

14-2　三つの型（三種類型）

1型　状態を示すもの。（表示狀態的。）
　　　だんだん、すぐ、ゆっくり、さっそく、いそいで、
　　　ときどき、たがいに、はっきり　など
　　　（逐漸、立即、慢慢的、馬上、快點、時而、互
　　　相、明確地等）
2型　程度を示すもの（表示程度的）
　　　たいへん、もっと、だいぶ、かなり、とても、ほ
　　　とんど、あまり、すこし、なかなか　など
　　　（很〜、更加、大部分、相當、非常、幾乎、不
　　　太〜、稍微、相當等）
（注：日語的副詞的含義很廣，很難用一個中文單詞翻譯
確切。具體意義要視上下文而定。）
3型　行為のやり方を示すもの（表示行爲方式。）
　　　この種の副詞は話し手の感情、（明言、否定、推
　　　量、仮定など）を示します。（這種副詞表現説話
　　　人的感情〈明説、否定、推量、假定等〉。）
　　　この映画は<u>あまり</u>面白く<u>ありません</u>。
　　　（這個電影不太有意思。）
　　　あまり＋ーーー否定形
　　　もう<u>決して</u>こんなことは<u>しません</u>。

（絶不會再做這種事了。）

　　決して＋－－－否定形

この種の副詞の内、次のような組合せで使われて

いるものがあります。

（這種副詞中還有以下搭配方式。）

　　もし－－－ば、たぶん－－－だろう(でしょう)

　　（如果……的話，大概……吧。）

　　どうぞ－－－動詞てF＋下さい。

　　（請……動詞て形＋下さい）。

14-3　擬音語と擬態語（擬聲詞與擬態詞）

擬音語、擬態語は副詞として使われています。

（擬聲語及擬態語作爲副詞來使用。）

　　雨が<u>ざあざあ</u>降ります。（雨嘩嘩地下。）

　　犬が<u>ワンワン</u>鳴きます。（狗汪汪叫。）

　　公園を<u>ぶらぶら</u>歩きます。（悠閒地在公園散步。）

この擬音語、擬態語は日本語で非常に多く使われますか

ら、別の機会に検討します。

（這種擬音語、擬態語在日語裡用的非常多，所以另外研

究它。）

14-4　形容詞から副詞へ（從形容詞到副詞）

い形容詞とな形容詞は、それぞれ語尾を「～く、～に」に換えると副詞として使うことができます。

（い形容詞和な形容詞，如將它們的詞尾分別換成"～く、～に"就可做爲副詞來使用。）

　　早い→→早く、きれいな→→きれいに

　　　明日は早く起きましょう。（明天早點起床吧。）

　　　字はきれいに書きましょう。

　　　（要把字寫好看一些。）

14-5　特別（特殊用法）

(1)1型の副詞、擬音語、擬態語の中のあるものは「と」を加えることがあります。

　　（1型中的某些副詞、擬音語、擬態語也可加と）

　　副詞＋と　意味は　「と」のない場合と同じ

　　（副詞＋と　意思與不加"と"的時候完全相同。）

　　ゆっくりと、はっきりと、ざあざあと、ワンワンと

　　（慢慢地、清楚地、嘩嘩地、汪汪地）

(2)副詞の中のあるものは次のように名詞を修飾します。

　　（副詞中的有些詞可修飾名詞如下）

　　副詞＋の＋名詞（副詞＋の＋名詞）

　　　かなりの人（相當多的人）

　　　たくさんの自動車（很多汽車）

　　　しばらくの間（好一陣）

15 相手による表現・敬語(因聽者不同而變化的表達形式・敬語)

話し手と聞き手の関係に依って、日本語では丁寧・普通の二つの基本表現があります。

（根據説話人與聽者的關係，日語有鄭重、普通這二種基本表達形式。）

三つの基本文の丁寧・普通表現

（三種基本句的鄭重、普通表達形式）

　　　　　　肯定（肯定）　　　否定（否定）

1.です文（です句）

丁寧（鄭重）　現在　です　　ではありません／ではない
　　　　　　　　　　　　　　です／ないです

　　　　　　　過去　でした　ではありませんでした／で
　　　　　　　　　　　　　　はなかったです／なかったで
　　　　　　　　　　　　　　す

普通　　　　　現在　だ　　　ではない／ない

　　　　　　　過去　だった　ではなかった／なかった

2.あります／います文（あります／います句）

丁寧（鄭重）　現在　あります／います

　　　　　　　　　　ありません／いません

　　　　　　　過去　ありました／いました

		ありませんでした／いませんでした	
普通	現在 ある／いる	ない／いない
	過去 あった／いた	なかった／いな
		かった

3. 動詞文 (動詞句)

丁寧 (鄭重)	現在 ますF	〜ません
	過去 〜ました	〜ませんでした
普通	現在 DF	ないF
	過去 たF	〜なかった

15-1 相手による使い分け
（ 根據對方的不同進行區別使用 ）

---

(1)話し手が聞き手を同じ地位の内輪（うちわ）の人 ／ 仲間（なかま）の人
（ 例えば、同じ時に入社（にゅうしゃ）した会社の同僚（どうりょう） ／ 大学時代
の友達 ）とするとき、

〈話し手は普通語を使います〉

（ 説話人認爲聽者與自己是同等地位的人或朋友的時候
〈 如，同時參加工作的同事、大學時代的朋友 〉説話人
就用普通表達形式。 ）

もう12時だ。飯（めし）を一緒に食べようか。

（ 已經 12 點了。一起吃飯吧。 ）

聞き手が話し手より年（とし）をとっていたり、会社の地位が
上の場合、内輪の年輩者（ねんぱいしゃ） ／ 上位者（じょういしゃ）として、

〈丁寧語／尊敬語を使います〉

（聽者比説話人年齡大，或在公司的地位高，長輩、上級的時候使用鄭重語、尊敬語。）

まもなく12時です。ご飯を一緒に召し上がりますか。

（馬上就到 12 點，一起用餐好嗎？）

(2)若い女性がほかの人に明日の会合に出席するかどうかを聞くとき

（年輕女性問別人明天的聚會是否能出席的時候。）

A.話し手より年輩の人（比説話的人年長的人）

明日の会合にお出ましになられますか。

（〈您〉能夠光臨明天的聚會嗎？）

B.同じ年代の友達（同年齡的朋友）

明日花子さんも（友達の名前）お出になるの。

（明天花子〈朋友的名字〉也能來嗎？）

C.話し手の妹（説話人的妹妹）

明日あなたも行くでしょう。（明天你也去吧。）

15-2　丁寧語、敬語、謙譲語（鄭重語、敬語、自謙語）

丁寧語は敬語と謙譲語の二つに分けられます。話し手が聞き手を高い位置に置くとき、特別の丁寧語が使われす。これが敬語です。

（鄭重語可分成敬語和自謙語兩種。説話人把對方置於比

自己高的地位的時候，就用特別的鄭重語，即敬語。）

反対に、話し手が自分を低い位置におくとき、特別の丁寧語が使われます。これが謙譲語です。

（ 相反，說話人將自己置於比對方低的位置時，就用特別的鄭重語，即自謙語。）

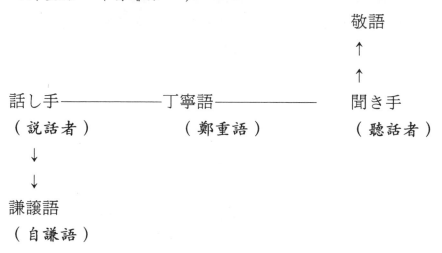

15-3　敬語の作り方（敬語的構成法）

(1)接頭語お／ご（接頭詞お／ご）

　これらの接頭語は人または人に属する品物を示す名詞に付きます。これらは形容詞にも付くことか出来ます。一般的に言えば、「お」は和語と和語形容詞に、「ご」は漢語と漢語形容詞に付きます。

（ 這些接頭詞接在表示人或屬於人的東西的名詞之前。也可接在形容詞之前。一般來説，「お」接在和語及和

式形容詞之前，而「ご」接在漢語及漢語形容詞之前。）

しかし、名詞／形容詞の中には両方の接頭語が付くものもあります。

（但是，也有些名詞／形容詞之前二種接頭詞都用。）

お勉強／ご勉強（學習）、お研究（けんきゅう）／ご研究（研究）

おきれいな／ごきれいな（美麗的，漂亮的）

日本人は西洋（せいよう）のもの（カタカナ表示）にこれらの接頭語を付けませんが、女性に使われる例外が少しあります。

おビール、おジュース、おコーヒーなど

（一般來説，日本人對於西洋的東西＜用片假名表示的＞不使用接頭詞，但也有些例外，主要是女性們使用。如：啤酒、果汁、咖啡等）

(2)接尾語　さん／様（接尾詞　さん／様）

これらの接尾語は個人名、人に関する名詞と二人称代名詞に使用されます。

（這些接尾詞用於人，表示人的名詞及第二人稱代詞之後。）

	丁寧（鄭重）	尊敬（尊敬）
鈴木	鈴木さん	鈴木様
お客	お客さん	お客様
あなた	（あなたさん）	あなた様

A.「あなた様」は話し手が聞き手を外部からの親密な関係のない人として扱うときに使い、敬意は払うが、ある距離を置いています。

（“あなた様”一般用於説話人將聽者看成並無親密關係的外人的時候。雖然表示敬意，但有一定距離。）

B.先生の場合は、尊敬の意味を含みますから「さん」、「様」は使いません。

（老師本身已包含了尊敬的意思，所以不用“さん”“様”。）

C.日本では、時に依って会社が「さん」を付けて呼ばれます。例えば、三菱商事さん、東京銀行さん。

（在日本，有時也在公司的後面加上“さん”，如：三菱商事さん，東京銀行さん。）

D.会社の中で、日本人は同じ時に入った人／後から入った人を「君」と呼び、先輩の人を「さん」と呼びますが、女性はいつでも「さん」と呼ばれます。

（在公司裡，日本人對同時入社的人或後入社的人常稱呼“君”，而對先輩稱呼“さん”，但對於女性一般都稱作“～さん”。）

(3)疑問代名詞（疑問代詞）

普通語（普通語）	丁寧語（鄭重語）
だれ（誰）	どなた／どのかた（哪位）
どこ（哪裡）	どちら（哪邊）
なん（什麼）	なに（什麼）

どっち／どれ（哪個）　　　どちら（哪個）

(4)動詞（動詞）

A.れる・られるを使う（使用れる・られる。）

佐藤さんがこの絵を書きます。（佐藤畫這幅畫。）

敬語　佐藤さんがこの絵を書かれました。

　　　　（佐藤畫了這幅畫。）

受身　この絵は佐藤さんに依って書かれました。

　　　　（這幅畫是佐藤畫的）。

B.補助動詞を使用する（使用補助動詞）

お／ご＋ますF語幹＋になります　　↓

　　　　　　　　　　＋になられます　↓

　　　　　　　　　　＋なされます　　↓

　　　　　　　　　　＋あそばします　より尊敬

　　　　　　　　　　　　　　　　　　（更尊敬）

絵を書きます。丁寧（鄭重）

絵をお書きになります。敬語（敬語）

絵をお書きになられます。↓

絵をお書きなされます。　　↓

絵をお書きあそばします。より尊敬

　　　　　　　　　　　（更加尊敬）

C.丁寧／尊敬依頼表現（鄭重／尊敬請求表達）

(A)お／ご＋ますF語幹＋ください

お待ちください。（請等一下。）

お座りください。（請坐。）

(B)お／ご＋ますＦ語幹＋に＋補助動詞てＦ＋ください

お待ちになってください。（請く您＞等一下。）

お座りになってください。（請く您＞坐。）

(C)お／ご＋特別敬語（Ｄ参照）てＦ＋ください

お召し上がってください。（請用餐。）

お会いになってください。（請您見一下吧。）

D.特別の尊敬・謙譲形（特殊的尊敬、自謙形）

尊敬（尊敬）	丁寧（鄭重）	謙譲（自謙）	
いらっしゃいます	来ます	参ります	（來）
いらっしゃいます	居ます	おります	（在）
いらっしゃいます	行きます	参ります	（去）
お持ちになります	持ちます	お持しします	（拿）
お訪ねになります	訪ねます	伺います	（拜訪）
お会いになります	会います	お目にかかります	
			（見面）
なさ（り／い）ます	します	いたします	（做〜）
おっしゃいます	言います	申します	（説〜）
ごらんになります	見ます	拝見します	（看〜）
召し上がります	食べます	頂きます	（吃〜）
お聞きになります	聞きます	お聞きします	（聽〜）
お貰いになります	貰います	頂きます	（接受〜）
でいらっしゃいます	です	でございます	（是〜）

普通　丁寧（鄭重）　尊敬　より尊敬（更尊敬）

行く→行きます→行かれます→お行きになります

お行きになられます→お行きあそばします→お行きあ
そばされます　　　　　　　　　　　　　　　（去）

15-4　敬語の選び方（使用敬語的選擇方法）

会話の前に話し手は聞き手の地位を決めることが必要で
す。会話の中に第三者〈話題になっている人〉が居る場
合、話し手は聞き手と話題の人の関係を考えねばなりま
せん。（會話前説話人有必要考慮聽話人的地位。會話中
有第三者（話題中的人）的時候，説話人還必須考慮到這
個第三者與聽話人的關係。）
敬語と謙譲語は、話し手が聞き手と話題の人の関係をど
う取り扱うかによって、使われるのです。話し手がこの
関係を正しく示す表現を使わないと、敬語の使い方を知
らないと言われます。

（敬語和自謙語是説話人根據聽話人及話題中的人與自己
的關係而使用的。如果説話人不能正確使用表現這些關係
的敬語，只能説他不懂得敬語的使用方法。）

話題の人 （話題中人）	聞き手 （聽話的人）	敬語の使い方 （敬語的使用方法）
(1)上位者（長輩）	上位者（長輩）	敬語＋丁寧語／敬語
(2)上位者（長輩）	下位者（晩輩）	敬語＋普通語
(3)下位者（晩輩）	上位者（長輩）	(1)普通語＋丁寧語
		(2)謙譲語＋丁寧語

(4)下位者(晩輩)　　下位者(晩輩)　　(1)普通語＋普通語

　　　　　　　　　　　　　　　　　　(2)謙譲語＋普通語

(5)なし(沒有)　　　上位者(長輩)　　丁寧語／敬語

(6)なし(沒有)　　　下位者(晩輩)　　普通語

☆ 下位者には同じ地位の者を含んでいます。

　（晩輩中也包括同等地位的人。）

　(1)部長がいらっしゃいます。（部長在。）

　(2)部長がいらっしゃる／来ます。（部長來了。）

　(3)の(1)課長に鈴木が連絡いたします。

　　　　　（鈴木和科長聯繫。）

　　　(2)課長に鈴木が連絡申し上げます。

　　　　　（鈴木和科長聯繫。）

　(4)の(1)鈴木が佐藤に知らせる。（鈴木通知佐藤。）

　　　(2)鈴木が佐藤にご連絡します。

　　　　　（鈴木與佐藤聯繫。）

　(5)これは妹の本です。（這是妹妹的書。）

　　　これは妹の本でございます。（這是妹妹的書。）

　(6)これは妹の本だ。（這是妹妹的書。）

15-5　あげ・もらい（給予、接受）

(1)英語と日本語（英語和日語）

　英語では二つの単語、giveとreceiveを使いますが、
　日本語では七つの単語を使います。

（英語中只有 give, receive 兩個單詞，而日語卻有七個單詞。）

やる、あげる、差し上げる（給〜）　　主語
　　　　　　　　　　　　　　　　与え手 → 受け手
　　　　　　　　　　　　　　　（給與者 → 接受者）

貰う、頂く（接受〜）　　　　　　　受け手 → 与え手
　　　　　　　　　　　　　　　（接受者 → 給與者）

くれる、くださる（給〜）　　　　　与え手 → 受け手
　　　　　　　　　　　　　　　（給與者 → 接受者）

ぞんざい（粗語）	普通（普通）	尊敬（尊敬）
やる	あげる	差し上げる（給）
×	くれる	くださる（給）
×	貰う	頂く（受）

例えば、I give him this.（我給他這個）を日本語で表現すれば、him（他）の地位に依って、

1.あの子にこれをやります。（把這個給那個孩子。）

2.あの人にこれをあげます。（把這個給那個人。）

3.あの方にこれを差し上げます。

　　　（把這個獻給那位。）

つまり、相手による使い分けで、私と彼の関係がわからないとgive（給）に当たる言葉を日本語で示すことが出来ません。

（就是説，"給"這個單詞，要根據對方來分別使用，所以不了解我與他的關係在日語裡就很難表達「給」的意

思。)

日本語には「あげ・もらい」を示す三つの基本語があります。

（日語有表示"給・受"的三個基本詞。）

●は主語を示します（●表示主語）

A.あげる（給）

　与え手（給與者）　受け手（接受者）

　　　あげる（給）

A　●→→→→→→→　B　（AはBに何かをあげます）
　　　（品物）　　　　　　　（A 給 B～）
　　　（東西）

「あげる」一人称が二人称／三人称に何かを渡すとき、二人称が三人称に、三人称が三人称に何かを渡すときに使います。

（第一人稱給第二人稱、第三人稱，第二人稱給第三人稱，第三人稱給第三人稱什麼東西時，使用"あげる"。）

B.くれる（給）

　与え手（給與者）　受け手（接受者）

　　　くれる（給）

A　●→→→→→→→　B　（AはBに何かをくれます）
　　　（品物）　　　　　　　（A 給 B～）
　　　（東西）

「くれる」二人称、三人称が一人称に、三人称が二人称に何かを渡すときに使います。

（第二人稱、第三人稱給第一人稱，第三人稱給第二人稱什麼東西時使用くれる。）

C　もらう（受）

与え手（給與者）　受け手（接受者）

　　　もらう（受）

A　→→→→→●　　B　（BはAに/から何かを貰います）

　　　（品物）　　　　　　　（B 從 A 得到〜）

　　　（東西）

「もらう」一人称が二人称／三人称から、二人称が三人称から、三人称が三人称から何かを受け取るときに使います。

（第一人稱從第二人稱、第三人稱，第二人稱從第三人稱第三人稱從第三人稱接受什麼東西時使用"もらう"。）

すなわち、あげ・もらいの言葉を選ぶ基準は与え手と受け手の人称関係およびその関係者の地位によるのです。

（即選擇"給、受"的基準是根據給予者與接受者的人稱及對方的地位而定的。）

A

　　　　　　　　　　　　与え手の人称
　　　　　　　　　　　（給與者的人稱）

受け手の人称
（接受者的人稱）

やる（給）　　　　　┌1→→→→→→2/3

あげる（給）　　　　│2→→→→→→3

さしあげる（給）　　└3→→→→→→3

B

くれる（給）　　　┐ 2/3→→→→→→1
くださる（給）　　┘ 3→→→→→→2

C

もらう（接受）　　┐ 1←←←←←←2/3
いただく（接受）　┘ 2←←←←←←3
　　　　　　　　　　 3←←←←←←3

「やる」は地位の下の者または動物などに対して使います。

（"やる"用於比自己地位低的人或動物。）

子供にお菓子をやらないでください。（不要給孩子點心。）

犬に餌をやりなさい。（給狗餵食。）

☆ 女性は「やる」の代わりに「あげる」を使うことがあります。

　　（女性常用"あげる"來代替"やる"來使用。）

☆ 家族の人を一人称として取扱うことが出来ます。

　　（也可將家庭成員看作第一人稱。）

父はあなたに本を差し上げると言っています。

（父親説將這本書獻給您。）

息子はあなたから本を頂いて喜んでいます。

（我的兒子很高興從您那裡得到了這本書。）

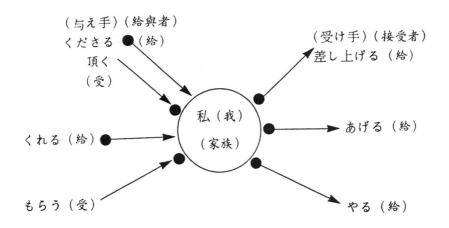

(A) 先生は私に本をくださった。
　　（老師給了我書。）
(B) 学生は私に本をくれた。
　　（學生給我書了。）
(C) 私は先生から／に本を頂いた。
　　（我從老師那裡得到了書。）
(D) 私は学生から／に本をもらった。
　　（我從學生那裡拿了書。）
(E) 私は先生に本を差し上げた。
　　（我把書獻給老師了。）
(F) 私は学生に本をあげた。
　　（我給學生書了。）
(G) 私は彼の子どもに本をやった。
　　（我把書給了他的孩子。）

15-6　行為のあげ・もらい（受益表現）
（行爲的給予・接受〈受益表達〉）

日本語ではある人の利益<ruby>利益<rt>りえき</rt></ruby>となることを行うのは、ある人
へ／から何かを「あげ・もらい」することと同じと考え
ます。

（日語認爲，對某人做有利的事就如同給某人或從某人得
到什麼一樣。可以使用「あげ・もらい」。）

この表現は次の形で使います。

（這種表達可用以下形式。）

動詞てF＋あげ・もらい動詞

（動詞て形＋あげ・もらい動詞）

A.　AはBに〜を動詞てF＋やる／あげる／差し上げる。
　　私は先生にピアノを弾<ruby>弾<rt>ひ</rt></ruby>いて差し上げました。

　　（我爲老師彈鋼琴。）

　　私は妹に英語を教えてやります。（我教妹妹英語。）
　　妹は病気<ruby>病気<rt>びょうき</rt></ruby>の友達に本の贈物<ruby>贈物<rt>おくりもの</rt></ruby>をしてあげました。

　　（妹妹把書做爲禮物送給了生病的朋友。）

☆この表現はその行為が人に認<ruby>認<rt>みと</rt></ruby>められるとする期待<ruby>期待<rt>きたい</rt></ruby>感<ruby>感<rt>かん</rt></ruby>
　情<ruby>情<rt>じょう</rt></ruby>を持っていますから、あまり頻繁<ruby>頻繁<rt>ひんぱん</rt></ruby>に使わないこと。

　　（這種表達方式含有期待別人感激的味道，所以不要過
　　多使用。）

B.　AはBに〜を動詞てF＋くれる／くださる。

先生は私にピアノを弾いてくださった。

（老師爲我彈鋼琴了。）

父はあなたに本を買ってくれます。

（父親會給你買書。）

よく来てくれました／くださいました。

（歡迎你來 ／ 歡迎您來。）

C．　AはBに〜を動詞てF＋もらう／頂く。

私は先生にピアノを弾いて頂きます。

（我請老師爲我彈鋼琴。）

あなたは彼に英語を教えてもらいます。

（你請他教你英語。）

叔父にさそわれて新宿で昼ご飯をご馳走して頂きました。（叔叔約我在新宿請我吃了一頓午飯。）

☆BとCは話し手が与え手に感謝するときに使われるから、日本でこの表現は非常によく使います。（B和C用於説話者對給與者表示感謝的時候，所以在日語中這種表現方式常被使用。）

15-7　内と外（內與外）

日本語は内部と外部で言葉を使い分けることが必要です。家族以外の人には、父、母、兄、姉などと言いますが、家族の中でも年上の人には「〜さん」を付けて呼びます。ですから、弟さんを使うのは、家族外の人の弟

についてだけです。

（日語在内部與外部所使用的語言有所不同。對家庭以外的人稱呼自己的家庭成員爲父（ちち）、母（はは）、兄（あに）、姉（あね）等。但在家庭裡比自己年長的要稱呼"～さん"。"弟さん"（おとうとさん）這種稱呼只能用於家庭成員以外的別人的弟弟。）

会社（內部）の中で、地位の上の人、年輩の同僚は部長さん、課長さん、鈴木さんと呼ばれますが、自分の会社外の人（外部）には、次のように言います。

（在公司内部，稱呼年長的，地位比自己高的人爲部長さん、課長さん、鈴木さん，但對外部的人稱呼自己公司裡的人的時候，如下：

部長（課長）は出かけています。（部長〈課長〉外出了）。

鈴木はすぐ戻ります。（鈴木馬上就回來。）

会社の中の人を外部の人に対して「～さん」、「～君」を付けて呼ぶことはありません。

（對外部人稱呼自己公司的人爲"～さん""～君"的情況是沒有的。）

內(内部)	中立(中立)	外(外部)	
父	父親	お父さん	（父親）
母	母親	お母さん	（母親）
子ども	子	お子さん	（孩子）
兄	兄	お兄さん	（哥哥）

姉	姉	お姉さん	（姐姐）
弟	弟	弟さん	（弟弟）
妹	妹	妹さん	（妹妹）
祖父（そふ）	祖父	おじいさん	（爺爺）
祖母（そぼ）	祖母	おばあさん	（奶奶）
両親（りょうしん）	両親	ご両親	（雙親）
おじ	おじ	おじさん	（叔叔）
おば	おば	おばさん	（姨）
甥（おい）	甥	甥ごさん	（侄兒，外甥）
姪（めい）	姪	姪ごさん	（侄女，外甥女）
家（うち）	家（いえ）	お宅	（家）
主人（しゅじん）	夫（おっと）	ご主人	（丈夫）
家内（かない）	妻（つま）	奥さん	（妻子）
娘（むすめ）	娘	お嬢（じょう）さん	（女兒）
息子（むすこ）	息子	息子さん	（兒子）
孫（まご）	孫	お孫さん	（孫子）
みんな	全員（ぜんいん）	皆さん	（大家）
者	人	方（かた）	（人）

☆中立はテレビ、ラジオと新聞などに使います。

（中立部分一般多用於電視、電台及報紙）。

15-8　挨拶の内と外（寒暄的內與外）

	内	外	
	おはようございます	おはようございます	（早晨好）
	×	こんにちは	（中午好）
	×	こんばんは	（晚上好）
	おやすみなさい	おやすみなさい	（晚安）
	？	さようなら	（再見）
	行ってきます	×	（〈我〉走了。）
	ただいま	×	（〈我〉回來了。）

例えば、会社にきて「こんにちは」と言うのは、他の会社の人か、出入りの商人などです。

（到了公司以後説"こんにちは"的都是其它公司的或是出入的商人）。

同じ会社の人は、もし10時頃遅れて会社にきても「こんにちは」と言いません，日本人は昼間／夕方家に帰ったとき、「こんにちは／こんばんは」とは言わないのです。

（一個公司裡的人即使10點左右來晚了也不説"こんにちは"。另外，日本人不論中午或晚上回家都不説"こんにちは／こんばんは"。）

「さようなら」は幼稚園／小学校の子ども達の間とその先生に対して使われ、会社員の間では「お先に／失

礼します／また明日（あした）／では」などが一般に使
われ、「さようなら」はあまり使いません。

（さようなら一般是幼稚園、小學的孩子們互相之間或對
老師使用的寒暄語，公司職員之間一般使用お先に、失礼
します、また明日、では 等，而很少使用 "さような
ら"）。

対応する挨拶（寒暄語的應答）

　　行ってきます/行って参ります。　行っていらっしゃい。
　　（我走了。）　　　　　　　　　　（走好。）
　　ただ今 /ただ今帰りました　　　お帰りなさい
　　（我回來了。）　　　　　　　　（你回來了。）

この時の「た」は確認を示します

（這時的 "た" 是表示確認的。）

これらの言葉は、内部（家 ／ 会社）で家から／ 会社か
ら出かけるとき、帰ったときに使います。

（這些單詞用於内部（家、公司），從家裡、公司裡出去
和回來的時候。）

会社では、「お帰りなさい」の代わりに「お疲（つか
れ）さま」を使うことが多い。

（在公司裡常用 "お疲（つかれ）さま" 來代替 "お帰り
なさい"。）

15-9　男言葉と女言葉（男性用語與女性用語）

日本語は男と女によって違った表現を使います。最近、この区分(くぶん)が少なくなりましたが、男が女の言葉／女が男の言葉を間違って使うとおかしな日本語になります。（一部の日本人はわざと使うことがあります。）

（日語裡男性與女性常用不同的表達方式。最近，雖然這種區別越的越小了，但男性用女性的語言、女性用男性的語言，聽起來還是覺得不自然。〈當然也有部分日本人有故意那樣用。〉）

例、友達との会話（例，與朋友的對話）

　(1)あたしその人知ってるわ。会ってらっしゃいよ。でも、ちゃんと挨拶しなくちゃだめよ。（若い女）

　　（我認識那個人，去見見吧，但不好好打招呼可不行啊。〈年輕的女性〉）

　(2)僕(ぼく)その人知っているよ。会ってこいよ。だけど、ちゃんと挨拶しなくちゃだめだぞ。（若い男）

　　（我認識那個人，去見見吧。但不好好打招呼可不行啊。〈年輕的男性〉）

この二つは表現は違いますが意味は同じです。

（這兩個句子表達方式雖不同，但意思卻完全一樣。）

　代名詞（この本に今まで出てこないものの一部）

　（代詞〈在本書中還沒有出現過的代詞中的一部分〉）

	男性	女性
一人称	僕（我）	あたし（我）
（第一人稱）	自分（自己）	うち（自己）
二人称	君（你）	あなた（你）
（第二人稱）		

〈よりぞんざい〉〈稍粗魯的説法〉

一人称　　　　　俺（おれ）（我）あたい（我）

二人称　てめえ（你）　おまえ（自分の子どもに使う）

　　　　おまえ（你）　　（你）（用於對自己的孩子。）

　　　　あんた（你）

終助詞・文の最後にくる助詞（終助詞・接在句子最後的助詞。）

〈男性〉

ぜ　(1)注意を引く（引起注意）

　　　早く行こうぜ。（快點去。）

　　(2)確認（確認）

　　　もう、すぐだぜ。

　　　（馬上就到了、就好了、就完了等。）

ぞ　(1)自己確認（自我確認）

　　　危ないぞ。（太危險了。）

　　(2)自分の意見を強く示したり、警告を与える。

　　　（強烈表達自己的意見或給與警告）

　　　行くと承知しないぞ。

　　　（〈你〉去了〈我〉可不管啦。）

な　同意を求める（求得同意）

　　いい天気だな。（真是好天氣啊）

〈女性〉

わ／わよ　軽く自分の意見を示す　素敵ですわ／わよ。

　　　　　（輕淡地表達自己的意見：很不錯呀。）

わね　同意を求める　偉いわね。

　　　　（求得同意：真了不起呀。）

て／って　質問　行らっしゃったことあって

　　　　　（詢問：去過嗎？）

てよ　自分の立場／意見を示す

　　　　そんなことよしてよ。

　　　　（表示自己的立場及意見：快別那麼做了。）

こと　印象／感嘆を示す　きれいに咲いたこと。

　　　　（表示印象、感嘆：〈花〉開的真漂亮。）

ことよ　結論

　　　　それはしてはいけないことよ。

　　　　（結論：做那種事可不行啊。）

の　(1)軽く自分の意見／結論を示す

　　　　行きたくないのですの。

　　　　（輕淡地表達自己的意見及結論：不想去啊。）

　　(2)「か」の代わりに質問形を作る　ほんとですの。

　　　　（代替「か」構成詢問形式：真的嗎？）

な　命令／勧告を与える　よしなさいな。

　　　　（給予命令、勧告：算了吧。）

かしら　疑問を示す　どなたかしら
　　　　（表示疑問：是哪一位呀？）

感嘆詞

〈男性〉

ほう　感嘆を示す　ほう、見事なものだ。
　　　　（表示感嘆：咳，太棒了。）

な　同意を求める　な、そうだろう。
　　　　（徵求同意：哎，是吧。）

くそ　罵り（ののしり）／強い否定を示す
　　　　　　くそ、負けるものか。
　　　　　　（罵人、表示強烈的否定：可惡，能輸掉
　　　　　　嗎！）

あっ、あれ、おや　おどろきをしめす（表示驚訝。）
　　　　　　あっ、火事だ。（啊！著火啦。）

〈女性〉

あら／あらまあ　驚きを示す　あら、大変よ。
　　　　（表示驚訝：哎呀，不得了啦。）

まあ　感嘆を示す　まあ、高いのね。
　　　　（表示感嘆：啊，眞貴啊！）

呼掛け（打招呼）

〈男性〉

おい／やい／やあ　おい、出かけようか。（嘿，出去
　　　　　　嗎？）

　　　　　　やい、何している（哎，幹什麼？）

やあ、佐藤さん。（啊，佐藤。）

こら、もしもし　　こら、駄目じゃないか。
　　　　　　　　　（哎呀，這能行嗎？）
　　　　　　　　　もしもし、佐藤さんですか。
　　　　　　　　　（喂，是佐藤嗎？）

〈女性〉

ねえ　　　　　　ねえ、いいでしょう。
　　　　　　　　（怎麼樣，行吧。）

あのう　　　　　あのう、どうなさるの。
　　　　　　　　（嗯，怎麼辦呢？）

あら　　　　　　あら、だめですわ。
　　　　　　　　（哎呀，不行啊。）

16 会話（會話）

16-1 暗然の約束（默契）
<small>あん もく やく そく</small>

(1)状況に応じて（依據情況）

Λ. 一人称と二人称の省略（第一人稱和第二人稱的省略）

前後関係から分かるとき、一人称と二人称は省略されます。

（從前後文能夠判斷的時候，第一人稱和第二人稱常被省略。）

二人称に就いて言えば、日本人は二人称代名詞を使うことは失礼になると感じるのです。そこで、必要なときこは社会的地位／職業に「～さん」を付けて使います。

（就第二人稱而言，日本人通常感覺使用第二人稱代詞有些失禮。所以經常在必要時在對方的社會地位、職業後面加上"～さん"來稱呼對方。）

明日はゴルフにお出かけこなりませんか。

（あなたの省略）

（明天不去打高爾夫球嗎く省略了"あなた"＞）

お預りの品を今日お届けします。（私の省略）
<small>あずか とど</small>

（寄存的東西今天〈給您〉送去。〈省略了"私"〉）

課長さん、お昼を召し上がりましたか。

（あなたの代わり）

（課長，午餐用過了嗎？〈代替"あなた"〉）

運転手さん、そこで止めてください。

（あなたの代わり）

（司機先生，在那兒停下來吧。〈代替"あなた"〉）

B.その場にある物の省略（省略在場的東西。）

友達とケーキを食べているとき、他の友達がきました。

「あなたはケーキを一つ食べますか。」この表現は文法的に正しいのですが日本人はおかしく感じるのです。日本人の会話では、「食べますか／一ついかがですか」となります。

（和朋友一起吃蛋糕的時候，又來了另一個朋友。「あなたはケーキを一つ食べますか？」這個説法在語法上是正確的。但是日本人却感到有些不自然。在日本人的對話裡常説"吃嗎？、來一個怎麼樣？"等。）

(2)友好関係を確認（確認友好關係。）

A.共通の話題に依って（雙方都知道的話題）

いい天気ですね。（今天天氣眞好耶。）

暖かく／寒くなりました。（暖和〈冷〉起來了。）

昨日の台風はどうでしたか。

（昨天的颱風怎麼樣了。）

多くの日本人は挨拶の時、天気をよく話題にします。

（很多日本人經常在寒暄時，以天氣為話題。）

最近は円が強い／弱いですね。

（最近日元上升〈下跌〉了呀。）

ゴルフの調子はどうですか。

（高爾夫球的情況怎麼樣？）

など。（等。）

これらは、他の国の人も話題としますが、日本人のようには沢山の時間を使わないようです。

（外國人也常將這些做話題，但似乎不像日本人這樣花費很多時間。）

B. 共通経験の確認（確認相同感受、經驗）

日本人の挨拶で一番重要なことは前に会ったことに触れて、特に感謝の気持ちを示すことです。これは日本の習慣ですから、日本人はこれを示さない人によい感情を持つことが出来ません。

（日本人的寒暄中很重要的是談起以前見面時候的事情，特別是要表達感謝的心情。這是日本的習慣，所以日本人對不這樣做的人很難持有好感。）

〈代表的な挨拶の言葉〉〈代表性的寒暄語〉

先日はどうも済みませんでした。

（前些日子實在對不起了／實在太謝謝了。）

昨晩は大変ご馳走様（ちそうさま）でした。

（非常感謝您昨晚的款待。）

この夕食が昼食に、昨晩が先日などに変わります。

（將晚餐改成午餐，昨晚改成前些日子。）

先日は結構（けっこう）なものを頂きました。

（前些日子承蒙您招待，非常感謝。）

この前はありがとうございました。

（前一次多謝了。）

(3)相槌（あいづち）（附和）

日本語の会話は話し手と聞き手の協同作業で進みます。話し手が何かを話すと聞き手は短い答え、相づちくはい、そうですか、そうでしょうね。など〉をうちます。この相づちは聞き手が積極的に聞いており、話を続けて欲しいことを示す合図なのです。日本人は会話をこのようなやり方で進めるのが習慣ですから、会話の流れは話し手だけでなく、聞き手の与える相づちに依って成り立つものと無意識に感じているのです。話し手が会話の内容全部を一度に話してしまうと日本人の会話はぎごちないものとなります。

（日語的會話是由説話人及聽説人的合作來進行的。説話人説了一段話之後，聽話的人就簡短地附和道："はい、そうですか，そうでしょうね"等。這種附和表明聽話的人在認眞，積極地聽，而且希望説話人接着説下去。用這種方式進行會話是日本人的習慣，所以日本人無意識地認爲會話不僅是靠説話人而且還要靠聽話人的附和才能成立。説話人如將要説的內容一下子全部説完的話，會話將

變得很生硬。）

◇ 人が訪問から帰るときの挨拶

（從訪問地回去時的寒喧語）

日本人の話し手　　　　　外国人の話し手

（説話人爲日本人時）　　（説話人爲外國人時）

Aさん　では、これで……　ではこれで、私は帰えら

　　　　　　　　　　　　　なければなりません。

（那麼，我就……）　　　（那麼，我就不得不回去

　　　　　　　　　　　　　了。）

Bあ、お帰りですか。　　（？）

（啊，您要回去了嗎？）

外国人は会話の全部を話してしまいますから、聞き手は
会話に参加することが出来ないのです。

（因爲外國人將會話的全部内容一下子講完，所以聽話的
人没有辦法加到會話中去。）

日本語で相づちは肯定形と疑問形を使いますが、英語の
ように否定形は使いません。

（日語裡雖然附和也用肯定形與疑問形，但不像英語那樣
使用否定形。）

◇ 電話（電話）

☆ 日本人と外国人（日本人與外國人）

　日本人：もしもし。（喂，喂）

　外国人：もしもし。（喂，喂）

　日本人：あのう、こちらは鈴木ですが……

（嗯，我是鈴木……）

外国人：〈聞き手、外国人は後の話を待ち、話し手、
　　　　日本人は相づちを期待しています。〉

（聽話人外國人在等下面的話，而説話人日本人在期待
對方附和）

日本人：もしもし。（喂，喂）

外国人：はい。（是的。）

日本人：こちらは鈴木ですが、スミスさんは……
　　　　　（我是鈴木，史密斯……）

外国人：？

日本人：もしもし（もう一度）
　　　　　（喂，喂。〈再一次〉）

☆ 日本人と日本人（日本人與日本人）

　A：もしもし（喂，喂）

　B：もしもし（喂，喂）

　A：あのう、こちらは鈴木ですが……（嗯，我是鈴
木……）

　B：はい、はい、吉田です。（啊，我是吉田。）

　A：山本さんはいらっしゃいますか。
　　　　　（山本先生在嗎？）

　B：山本さん。（山本先生。）

　A：はい、そうです。（是的。）

　B：今、出かけています。（出去了。）

　A：では、また電話します。

（那麼，我待會兒再打電話吧。）

　B：そうですか。（是嗎。）

日本人は会話を円滑にするために相づちを使うのですが、相づちの使い方が分からない外国人は、相づちが話のじゃまをすると考えます。

（日本人爲了使會話順利地進行下去而使用附和的形式，而不懂附和的外國人則認爲附和是會話的障礙。）

(4)要求、断わりを直接に示さない（不直接表示要求、拒絕）

A. 要求

　三千円ばかり貸してください。

　（請借我三千元左右吧。）

　次の日曜あたりはどうですか。

　（下個星期天左右怎麼樣呢？）

　「ぐらい、ごろ、あたり」を使って、話合いの余地を残します。

　（使用"ぐらい、ごろ、あたり"等等使會話能留有餘地。）

B. 拒絶／断わり（拒絶、推辞）

　(A) 他の表現に依って（其他説法）

　　考えておきます。（考慮考慮。）

　　努力してみましょう。（努力一下試試吧。）

　　分かりました。一応やってみましょう。

　　（明白了，先試試看吧。）

これらの言葉は、よい結果を約束するものではありません。このような言葉は日本人が直接断わったり、否定したり、退けたりして相手を困らせたり、傷つけたり、また今までのよい関係を壊したくないからなのです。

（這些語言，並不保證事情會有好的結果。日本人用這些語言來回答對方是因爲不想直接拒絕、否定對方，而使對方難堪，傷害感情，使已有的友好關係遭到破壞。）

(B) 間接表現

　提案者：この計画は如何ですか。

（提議者：這個計劃如何呢？）

　上位者：それも結構だが。

（上司、長輩：還不錯。〈不過……〉）

　提案を直接否定するのが適当でないと判断するときに使用します。

（認爲直接否定提議不太合適的時候使用。）

　売り手：このお品はお似合いですよ。

（賣東西的人：這很適合你喲。）

　買い手：これも結構ですが。

（買東西的人：這雖然不錯……）

この場合、買い手は直接に理由、問題点に触れないで、値段／色合い／スタイルなどに満足していないことを示します。

（在這種情況上，買東西的人不直接觸及理由和問題的所在，而圓滑的表示了對價錢、顏色、樣式的不滿。）

(5)自然発生の考え方（行爲動作的自然發生觀）

　日本人は一般に物事が自然発生的に始まると考えます。

（日本人一般認爲事物是自然地發生、開始的。）

　例えば、十時に会議を始めます。

　　　　　（如：十點開會〈他動詞〉）

　　　　　十時に会議が始まります。

　　　　（會議十點鐘開始〈自動詞〉）

　この二つの表現がありますが、自発の考え方から日本人は自動詞を使うことが多いのです。

（有以上兩種説法，但日本人從自然發生的觀點出發，多使用自動詞。）

　テレビを自分の過失で壊した場合でも「テレビが壊れました」と言って、〈自然に壊れてしまった〉を意味する表現を使います。これは責任回避のつもりはなく日本人の習慣的使い方と理解することが必要です。

（因自己的過失將電視機弄壞了時，日本人也説「電視機壞了」，即使用含有「自己壞了」之意的説法，但這並不是逃避責任，而應該理解爲日本人的語言習慣。）

16-2　商業会話（商業會話）

(1)挨拶（寒暄）

　商取り引きする人の間で、例えば、次のような挨拶を

しますが、これらの表現は地方、業種に依って違います。

（從事商業買賣的人之間，有如下的寒暄語，這些説法因地方、職業種類的不同而有不同。）

（大阪）	（東京）
もうかりまっか。	どうですか。
（賺錢了嗎？）	（怎麼樣？）
ぼちぼちです。	まあまあです。
（馬馬虎虎啦。）	（馬馬虎虎。）
そこそこです。	よくありませんね。
（不大好。）	（不大好啊。）
あきまへんわ。	だめですね。
（不行啊。）	（不行啊。）

(2)売り手の言葉は代表的な謙譲語です。

（賣方的語言＜自謙語＞）

あなた→→お客様（您）

します→→いたします（做～。）

います→→おります（在。）

を着ます→→を召します（穿～。）

　　　　→→をお召しになります（穿～。）

を見ます→→をご覧になります（看～。）

いい　　→→よろしい（好。）

例：

（あなたは）これを見ますか。（＜你＞看這個嗎？）

→お客様はこれをご覧になりますか。

（客人您看這個嗎？）

（あなたは）これを着てみますか。

（〈你〉穿一下試試嗎？）

→お客様はこの品物をお召しになってご覧になります
　か。

（客人您穿這件試一試嗎？）

顧客が店にくると、店員は「いらっしゃいませ」と言います。「いらっしゃい」は少し丁寧ではない言い方で、「らっしゃい」は一杯飲み屋などで使われる「い」の省略された形です。

（顧客來到店裡，營業員就説「いらっしゃませ」。「いらっしゃい」是不大鄭重的説法，「らっしゃい」是一般小酒店裡常用的省略了「い」的形式。）

顧客が店を出るとき、店員は「毎度有難うございます」と言います。この言葉は常連のお客にたいする感謝の表現です。けれども、この表現は新規のお客にたいしても使います。つまり、日本人はお客を新規より常連として取り扱うのがより丁寧であると考えているのです。

（顧客從店裡出去時，營業員就説「毎度有難うございます」。這句話是對常客表示感謝的説法。但是它也用於新光顧的客人。因爲日本人認爲把客人當做常客來對待比當做新客來對待更有禮貌。）

〈商習慣〉（商業習慣）

日本では、お客が値段を聞くと、店員は値段ではなく
他のことを答えることがあります。

（在日本有時客人詢問價格，營業員不直接回答價格而
回答其它内容。）

〈代表的な答え〉〈典型的回答〉

あ、それは特にサービスのお品でございます。

（啊，那是特別優惠的商品。）

とてもお似合いですよ。（太合身了。）

これはお買得ですよ。（這買了很合算啊。）

16-3　会話の距離（會話的距離）

各個人は心理学者が個人空間と定義づける自分の考えを
持っています。この個人空間とは会話の場合における話
し手と聞き手の間の距離のことです。個人空間が他人に
侵されると、その人は快適と感じるには余りにも近くに
他人がいるとして、自分の空間を取り戻すため本能的に
後退するのです。

（每個人都有被心理學者稱之爲個人空間的自己的想法。
這個個人空間在會話的時候就是指説話人與聽説人之間的
距離。個人的空間被他人侵入，那麼被侵入的人就感到對
方離自己太近，爲了取回自己的空間他就本能地向後退
了。以此獲得舒適感。）

この距離は人種に依って違います。南アメリカ、ラテン系の人々は英国、アメリカ系よりこの距離が狭く、日本人は英国、アメリカ系よりやや広いようです。これは、日本のお辞儀をする習慣に依るものではないかと、私は考えています。つまり、握手する挨拶より、お辞儀の挨拶の方がより広い空間が必要となります。

（這個距離根據人種而不同。南美、拉丁美洲的人比英國、美國人的空間要狹小，而日本人則比英國、美國人的空間要稍微大一些。我認爲這與日本人的禮儀習慣有關。因爲比起握手來説，禮儀的寒暄需要更大的空間。）

17 その他（其他）

<table>
<tr><td></td></tr>
</table>

17-1 「はい」と「いいえ」
　　　（はい”與“いいえ”）

9-1 否定疑問文参照（参照 9-1 否定疑問句）

はい　：うん、はあ、ええ、そうです　など

いいえ：いいや、いや、いえいえ、いえ、そうでは（じゃ）ない　など

(1)「はい」と「いいえ」を英語に翻訳すると「Yes」と「No」になりますが、これらは必ずしも英語における意味と使い方が同じ訳ではありません。
（“はい”與“いいえ”譯成英語是“Yes”與“No”，但在使用方法及意思上並不完全相同。）

日本語における使い方（日語的使用方法）

はい　　　A. 肯定（肯定）
　　　　　B. 確認（確認）
いいえ　　A. 否定（否定）
　　　　　B. 否定の確認（否定的確認）
　　　　　C. 謙遜（謙虚）

(2)確認（確認）
　日本語で「はい」と「いいえ」は質問者の考えに同意

するか、しないかに対し、使います。そうですから、聞き手は話し手の期待／意図に応じるとき「はい」と答えます。

（日語的はい與いいえ是用來表示對詢問者的想法的同意與否。所以聽話人在同意説話人的期待、意圖時用はい。）

英語では、状態とか自分の決意肯定のとき、「はい」を使い、「いいえ」は否定のときに使います。

（在英語裡，狀態及自己的決定是肯定的時候用"はい"，否定的時候用"いいえ"。）

例：同僚間の会話（如：同事間的對話）

　　（同じ会社のA：男、B：女）

　　（同一個公司的 A：男、B：女）

A.ただ今、何か変わったことはなかったですか。

　　（我回來了，＜我不在期間＞有沒有什麼事嗎？）

B.お疲れさまでした。はい、何もございません。

　　（辛苦了，是的，什麼事也沒有。）

A. 大阪からFAXが来るはずだけど、まだ来ていない。

　　（應該從大阪來的傳眞，還沒來嗎？）

B.いいえ、来ていません。（沒有，還沒有來。）

A. 変だな、本当にきていない。

　　（奇怪，眞的沒來嗎？）

A.はい、来ていませんよ。こちらから大阪に連絡しましょうか。

（是的，沒有來呀。要與大阪聯繫一下嗎？）

A.いや、いりません。必ず来るから。

（不，不用了，肯定會來的。）

話し手の期待	その期待に対する答え
（説話人的期待）	（對期待的回答）
(A) 問題は起こっていない。	その通り、何も起こっていない。
（沒有發生問題。）	（就是那樣，什麼也沒發生。）
(B)FAXは大阪から送られてきている。	その通りでなく、来ていない。
（從大阪來了傳眞。）	（不對，沒有來。）
(C)FAXは送られてきていない。	その通り、来ていませんよ。
（傳眞沒有來。）	（對，沒有來。）
(D) 大阪支店と連絡しましょうか。	その通りでなく、連絡しません。
（與大阪分店聯繫一下嗎？）	（不要那樣，不要聯繫了。）

つまり、質問者が否定の期待を持って否定疑問文を使うとき、「はい、否定文。」が答えになります。

（即，詢問者期待得到否定回答而使用否定疑問句的時候，回答應是"はい，否定句"。）

例の初めの場合、「はい」確認で、あなこのお考えの通

り、何もありませんとなります。次の場合、質問者は否定疑問文を使っていますが、FAXが既に着いていると期待しています。そこで、答えは否定の確認「いいえ」を使って、「いいえ、来ていません。」となります。

（前例的開始部分的"はい"是確認，所以回答爲就像你所想的那樣，什麼也沒有過來。之後，詢問者雖然使用否定疑問句，但却期待傳眞已到了。所以，回答使用了否定的確認"いいえ"，説"いいえ、来ていません"。）

話し手の意図、期待に応じた否定疑問文の答え

（應和説話人的意圖、期待的否定疑問句的回答）

　(A)はい、否定文（はい・否定句）

　(B)いいえ、否定文（いいえ・否定句）

　(C)はい、否定文（はい・否定句）

　(D)いいえ、否定文（いいえ・否定句）

(3)「いいえ」を使う謙遜表現

　（使用"いいえ"的謙虚表達）

　日本人は、自分の優越を否定することが友達との関係をよくすると考えます。

　（日本人認爲，否定自己的優點能使朋友關係好。）

新調の素敵な洋服ですね。（眞是新穎漂亮的衣服。）

いいえ、吊しの安物ですよ。（不，是便宜貨。）

よく英語がお出来こなりますね。

（〈您的〉英語説的很不錯嘛。）

いいえ、ほとんど解りません。（不，幾乎都聽不懂。）

同じように、日本人は他の人が弱点<ruby>弱点<rt>じゃくてん</rt></ruby>と考えていることをよく否定します。

（同樣，日本人對於他人的自己認爲是缺點的東西也加以否定。）

私の病気は<ruby>治<rt>なお</rt></ruby>りそうもありません。

（我的病看來沒得治了。）

いいえ、決してそんなことはありません。

（不，絕對沒那事。）

目が<ruby>悪<rt>わる</rt></ruby>くなってテレビもよく見ることが出来ません。

（視力變差，連電視也看不清楚了。）

いいえ、すこし休めば決してそんなことはありません。

（不，只要稍微休息一下就會好的。）

(4)「はい」の他の使い方（はい的其它用法）

　1. 相づち（附和）

　2.はい、一杯如何ですか。（喂，喝一杯怎麼樣。）

　3.はい、どうぞ。（好的，請。）

　4.はい、さようなら（那麼，再見。）

　5.はい、手紙です。（好的，給你信。）

　6.左様です、はい。など（是的，是的。等）

※「はい」と「いいえ」の間の態度を示すとき、日本人は「そうですね」「それはそうですが」などを使います。

（在表示はい與いいえ中間的態度時，日本人常用そうですね、それはそうですが等。）

17-2　うなぎ文（鰻魚句）

日本語の初心者は料理店での「私は鰻（うなぎ）です」などの「うなぎ」文の表現によく驚かされています。「私はうなぎです」は文字どおりには私＝うなぎを意味しますが、この場合は「うなぎを私に（ください）」を意味しています。

（日語初學者經常會被在飯店裡所聽到的"我是鰻魚"之類的"鰻魚"句搞得目瞪口呆。"私はうなぎです"從字面上來看，是"我＝鰻魚"的意思，但在這裡却是"給我鰻魚（菜名）"的意思。）

「私は魚です」なども同じで、「紅葉は日光です」も、うなぎ文のつかい方です。これは「紅葉は日光が一番きれいです」の意味です。

（和「私は魚です」相同，「紅葉は日光です」也是"鰻魚"句。即"看紅葉的話日光的最漂亮"的意思。）

「男は女房だ」もです文で考えるとおかしなことになり、これは「男は女房次第だ」を表しています。

（"男は女房だ"（男人是老婆）如果用です句來理解也很滑稽。這句話的意思是"男人的關係在於老婆"。）

私達が前に勉強した「だ・です」は断定の助動詞ですが、うなぎ文では他の言葉の代わりとなっているのです。ですから、うなぎ文はです文の例外となります。

（我們在前面學過的だ・です是表示斷定的助動詞，但在
"鰻魚"句裡它却代替別的詞彙來使用。所以，"鰻魚"
句是です句的例外。）

例えば、喫茶店（きっさてん）で何かを注文するとき、「だ・です」は
「飲みます、飲みたい、食べます、食べたい　など」の
代わりに使います。

（舉例來說，在咖啡店裡要飲料的時候だ・です是代替飲
みます〈喝〜〉，飲みたい〈想喝〜〉、食べます〈吃〜〉、食
べたい〈想吃〜〉等來使用的。）

私はコーラです。（我是可樂。）

（私はコカコーラを飲みます）（我喝可樂。）

鈴木さんはコーヒーで、彼女はバニラだ。

（鈴木是咖啡，她是華尼拉。）

（鈴木さんはコーヒを飲み、彼女はバニラアイスクリー
ムを食べます。）（鈴木喝咖啡，她吃華尼拉冰淇淋。）

こちらはジュースで、私はコーヒーだ。

（這位是果汁，我是咖啡。）

こちらはジュースを飲み、私はコーヒーが飲みたい。

（這位喝果汁，我喝咖啡。）

17-3　ら抜（ぬ）き言葉（去掉"ら"的詞彙）

この言葉は中国、四国、北海道地方の方言の使い方でし
たが、最近東京の若い人達の間の使い方として注目（ちゅうもく）さ

れています。

（這些詞原為中國、四國、北海道地方的方言，但最近在東京的年輕人中間也開始流行，已引起注目。）

これは、「見ることが出来る」という使い方の「見られる」から「ら」を抜いて「見れる」、「食べられる」→「食べれる」、「出られる」→「出れる」、「出られない」→「出れない」などとする言い方です。

（比如，表示"見ることが出きる"的可能形"見られる"中去掉"ら"，變成"見れる"，"食べられる"→"食べれる"（能吃～）、"出られる"→"出れる"（能出去），"出られない"→"出れない"〈出不去〉等就是"ら抜き言葉"。）

助動詞「れる・られる」は動詞1・動詞2に着いて、受身・尊敬・可能・自発の表現を作ります。この4表現の中で、可能表現として使う割合は約70%となっています。「ら抜き」として使わているのは、動詞2の可能表現の場合です。

（助動詞れる・られる接在動詞1・動詞2之後，可構成被動・尊敬・可能・自發。這四種表達形式裡，作可能態使用的大約占70%。ら抜き是動詞2的可能形的表現形式。）

言葉は生きているものであり、時の流れの中で変化しますから、新しい使い方として将来承認される時期がくるのかも知れません。

（語言是變化的，在時間的流逝中發生著變化。説不定有
一天"ら抜き"詞彙將做爲新的用法被承認。）

17-4　こ、そ、あの例外（こ、そ、あ的例外用法）

2-4(3)参照（参照 2-4(3)）

(1)話し手と聞き手が非常に近く、両者の地域がお互いに
　　重なり合っているとき、両者は「こ」を使います。
　　（説話人與聽話人非常近，而且兩者的區域互相重疊的
　　時候，二者都用こ。）

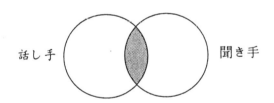

◇両者は同じ机に座って、その上に本が一冊あります。
　　（二者同坐一個桌子，桌子上有一本書。）
　　A.この本読んだ。（這本書看過嗎？）
　　B.うん、これもう読んだよ。
　　　（嗯，這本書已經看過了。）
◇両者はテレビを見ています。（二者在看電視。）
　　A.この人は誰かな。（這個人是誰呀？）
　　B.こちらは、俳優の鈴木さんにちがいない。
　　（這個人肯定是演員鈴木。）

(2)話し手と聞き手の間に何かあるが、両者からの距離が
非常に近いときは、両者とも「そ」をつかいます。

（在説話人與聽話人之間有什麼事物，而且離二者都很
近，這時二者都稱之爲「そ」。）

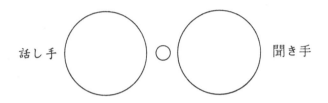

◇ 両者の間に犬がいます。（二者之間有狗。）

A.その犬どこのか知ってる（いる）。

（那狗是哪兒的，知道嗎？）

B.それは山田さんち（のうち）のだ。

（那是山田先生家的。）

(3)話し手が自分で支配できなくなり、聞き手が支配して
いる部分について、「こ、そ」は反対に使われます。

（對說話人不能支配，而由聽話人所支配的部分こ、そ
則反過來使用。）

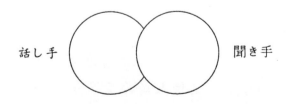

◇ 娘が母親に背中に湿布を貼ってもらうとき。

（女兒讓母親在自己的背上貼藥布的時候。）

A.お母さん、これを背中に貼って頂戴。

（媽媽，把這個貼在我的後背上。）

B.ここでいいの。（這兒可以嗎？）

A.もう少し上。そこでいいわ。

（再往上一點，那兒就可以。）

17-5　長音の平仮名表記（平假名的長音標記）

	あ	い	う	え	お
あ	ああ	いい	うう	えい（ええ）	おう（おお）
か	かあ	きい	くう	けい	こう
さ	さあ	しい	すう	せい	そう
た	たあ	ちい	つう	てい	とう
な	なあ	にい	ぬう	ねい	のう
は	はあ	ひい	ふう	へい	ほう
ま	まあ	みい	むう	めい	もう
や	やあ		ゆう		よう
ら	らあ	りい	るう	れい	ろう
わ	わあ				

この表記に就いて、え列とお列に注意を払う必要があります。少数の例外を除いて、え列は"〜い"お列は"〜う"となります

（對於え列與お列的長音的平假名符號，要特別注意。除

－ 207 －

了少數例外，え列應爲 "～い"，お列應爲 "～う"。)

例外

え列：ええ，おねえさん（お姉さん）など
　　　（啊）　　　　　　（姐姐）等

お列：おおい(多い)、おおう(覆う)、おおやけ(公)、
　　　（多）　　　　　（覆蓋）　　　　　　（公家）

　　　こおり(氷)、こおる(凍る)、とおい(遠い)、
　　　（冰）　　　　（凍了）　　　　　　（遠的）

　　　ほのお（炎）、ほお（頬）、とお（十）、
　　　（火焰）　　　　（腮）　　　　　（十）

　　　とおる（通る）　など
　　　　　（通過）

附録（附録）

1.助数詞（助數詞）

	疑問形 （疑問形）	1　　→→　　10	
紙、シャツ （紙、襯衫）	なん－まい （幾張）	いちまい→→じゅうまい （一張）	（十張）
自動車、テレビ （汽車、電視）	なん－だい （幾台）	いちだい→→じゅうだい （一台）	（十台）
本、辞書 （書，辭典）	なん－さつ （幾冊）	いっさつ→→じゅっさつ （一冊）	（十冊）
牛、馬 （牛，馬）	なん－とう （幾頭）	いっとう→→じゅっとう （一頭）	（十頭）
靴、靴下 （鞋，襪子）	なん－ぞく （幾雙）	いっそく→→じゅっそく （一雙）	（十雙）
手紙 （信）	なん－つう （幾封）	いっつう→→じゅっつう （一封）	（十封）
洋服 （西服）	なん－ちゃく （幾件）	いっちゃく→→じゅっちゃく （一件）	（十件）
肉 （肉）	なん－きれ （幾片）	ひときれ→→じゅっきれ （一片）	（十片）

時に応じて、「なな」は「しち」となるが、しちさつ、

しちそく、しちちゃく、しちきれは普通使用されない。
（有時なな也説しち，但是しちさつ、しちそく、しちち
ゃく、しちきれ一般很少用。）

	人	鉛筆、傘、フィルム （鉛筆、傘、膠巻）		卵、りんご （蛋、蘋果）
？	なんにん （幾人）	なんぼん （幾根）	いくつ （幾個）	なんこ （幾個）
1	ひとり （一人）	いっぽん （一根）	ひとつ （一個）	いっこ （一個）
2	ふたり （二人）	にほん （二根）	ふたつ （二個）	にこ （二個）
3	さんにん （三人）	さんぼん （三根）	みっつ （三個）	さんこ （三個）
4	よにん （四人）	よんほん （四根）	よっつ （四個）	よんこ （四個）
5	ごにん （五人）	ごほん （五根）	いつつ （五個）	ごこ （五個）
6	ろくにん （六人）	ろっぽん （六根）	むっつ （六個）	ろっこ （六個）
7	ななにん （七人）	ななほん （七根）	ななつ （七個）	ななこ （七個）
8	はちにん （八人）	はっぽん （八根）	やっつ （八個）	はっこ （八個）
9	きゅうにん	きゅうほん	ここのつ	きゅうこ

	（九人）	（九根）	（九個）	（九個）

	水、紅茶、コーヒー	家	犬、猫、魚	鳥
	（水、紅茶、咖啡）	（房屋）	（狗、貓、魚）	（鳥）

10　じゅうにん　　じゅっぽん　　とう　　じゅっこ
（十人）　　　　（十根）　　　（十個）　　（十個）

100　ひゃくにん　　ひゃっぽん　　ひゃく　　ひゃっこ
（一百人）　　　（一百根）　　（一百個）　　（百個）

（しちにん）　　（しちほん）　　　　　　　（しちこ）
（七人）　　　　（七根）　　　　　　　　　（七個）

（くにん）　　　（はちほん）　　　　　　　（はちこ）
（九人）　　　　（八根）　　　　　　　　　（八個）

（じっぽん）　　　　　　　　（じっこ）
（十根）　　　　　　　　　　（十個）

?　なんばい　　なんげん　　なんびき　　なんば
（幾杯）　　　（幾間）　　　（幾條）　　　（幾只）

1　いっぱい　　いっけん　　いっぴき　　いちわ
（一杯）　　　（一間）　　　（一條）　　　（一只）

2　にはい　　にけん　　にひき　　にわ
（二杯）　　（二間）　　（二條）　　（二只）

3　さんばい　　さんげん　　さんびき　　さんば
（三杯）　　　（三間）　　　（三條）　　　（三只）

4　よんはい　　よんけん　　よんひき　　よんわ
（四杯）　　　（四間）　　　（四條）　　　（四只）

5　ごはい　　ごけん　　ごひき　　ごわ

（五杯）	（五間）	（五條）	（五只）
6 ろっぱい	ろっけん	ろっぴき	ろっぱ
（六杯）	（六間）	（六條）	（六只）
7 ななはい	ななけん	ななひき	ななわ
（七杯）	（七間）	（七條）	（七只）
8 はっぱい	はっけん	はっぴき	はっぱ
（八杯）	（八間）	（八條）	（八只）
9 きゅうはい	きゅうけん	きゅうひき	きゅうわ
（九杯）	（九間）	（九條）	（九只）
10 じゅっぱい	じゅっけん	じゅっぴき	じゅっぱ
（十杯）	（十間）	（十條）	（十只）
100 ひゃっぱい	ひゃっけん	ひゃっぴき	ひゃっぱ
（一百杯）	（一百間）	（一百條）	（一百只）
（ろくはい）	（はちけん）	（しちひき）	（ろくわ）
（六杯）	（八間）	（七條）	（六只）
（はちはい）	（じっけん）	（はちひき）	（しちわ）
（八杯）	（十間）	（八條）	（七只）
（じっぱい）			（じっぱ）
（十杯）			（10 條）

※ 小動物でも兎は鳥と同じ助数詞を使います。
（數小動物兔子也使用與鳥相同的助數詞）

2.短縮使役形 (短縮使役形)

	DF （原形）	使役形 （使役形）	短縮使役形 （短縮使役形）
動詞 1	買う	買わせる	買わす
	売る	売らせる	売らす
	乗る	乗らせる	乗らす
	書く	書かせる	書かす
	急ぐ	急がせる	急がす
	話す	話させる	話さす
	呼ぶ	呼ばせる	呼ばす
	飲む	飲ませる	飲ます
	死ぬ	死なせる	死なす
動詞 2	食べる	食べさせる	食べさす
	見る	見させる	見さす
動詞 3	来る	こさせる	こさす
	する	させる	さす

3.日本式ローマ字による動詞変化
（ 用日本式羅馬字表示的動詞變化 ）

日本語の動詞の最後のつづりは12に分類されます。〜
RUに終わるものは約60%なので、これらに母音を付け

て～ARU，～IRU，～URU，～ERU，～ORUに再分類すると16分類になります。

（日語動詞的詞尾可分爲 12 類。以～RU 爲詞尾的大約占 60%，給它們加上母音～ARU，～IRU，～URU，～ERU，～ORU 可再分 16 類。）

この動詞変化を調べると日本語の動詞は三つに分かれます。辞書の形で考えると第一グループは～Uで終わり、第二グループは～RUで終わります。この他に不規則変化の第三グループ、KURU，SURUの二つの動詞があります。（按動詞變化來分，日語動詞可分成三個類型。以辭典形爲準，第 1 組的詞尾爲～U，第二組的詞尾爲～RU。此外還有不規則變化的第三組動詞 KURU、SURU 兩個動詞。）

ますの形(ますF)で考えると～i-masuは第一グループとなり、～e-masuは少数の～i-masuの例外と共に第二グループとなります。

（以 "ます 形" 爲準來分，～i-masu 爲第一組，～e-masu〈少數〉和～i-masu〈例外〉爲第二組。）

ローマ字で日本語動詞変化を考えるとき日本式に依ると規則的に説明が出来るのです。

（用羅馬字分析日語動詞變化的時候，如用日本式羅馬字可以很規則的來解釋和説明。）

例えば、ますFの場合、動詞 1はDF 語幹＋i＋masuにて、ますFを作りますが、

（比如，以ます形爲例，動詞1用原形詞幹＋i＋masu 來構成ます形。）

へぼん式（黒本式 Hepburn）

matsu→mats＋i.＋masu→machmasu X

日本式 matu→mat-i-masu→matimasu O

へぼん式では、machimasu と表記しますから、この規則は使えません。

（黒本式寫作"machimasu"，此規則就不能使用。）

1. 基本変化

　　(1)辞書の形 (DF)：Dictionary Form（原形）

　　(2)ますF　丁寧の形（ます形　鄭重形）

　　(3)ないF　否定の形（ない形　否定形）

　　(4)てF　接続の形（て形　接續形）

語尾	DF	ますF	ないF	てF	
動詞1					
～au	ka-u	ka-i-masu	ka-wa-nai	ka-t-te	（買）
～iu	i-u	i-i-masu	i-wa-nai	i-t-te	（説）
～uu	su-u	su-i-masu	su-wa-nai	su-t-te	（吸（烟））
～ou	yato-u	yato-i-masu	yato-wa-nai	yato-t-te	（僱用）
～aru	suwar-u	suwar-i-masu	suwar-a-nai	suwa-t-te	（坐）
～iru	hair-u	hair-i-masu	hair-a-nai	hai-t-te	（進入）
～uru	ur-u	ur-i-masu	ur-a-nai	u-t-te	（賣）
～eru	kaer-u	kaer-i-masu	kaer-a-nai	kae-t-te	（回去）
～oru	nor-u	nor-i-masu	nor-a-nai	no-t-te	（乘（車））

~tu	mat-u	mat-i-masu	mat-a-nai	ma-t-te	(等(人))
~ku	kak-u	kak-i-masu	kak-a-nai	ka-i-te	(寫)
~gu	isog-u	isog-i-masu	isog-a-nai	iso-i-de	(急)
~su	hanas-u	hanas-i-masu	hanas-a-nai	hanas-i-te	(説)
~bu	yob-u	yob-i-masu	yob-a-nai	yo-n-de	(叫)
~mu	nom-u	nom-i-masu	nom-a-nai	no-n-de	(喝)
~nu	sin-u	sin-i-masu	sin-a-nai	si-n-de	die(死)

動詞 2

| ~iru | m-i-ru | m-i-masu | m-i-nai | m-i-te | (看) |
| ~eru | tab-e-ru | tab-e-masu | tab-e-nai | tab-e-te | (吃) |

動詞 3

| kuru | k-u-ru | k-i-masu | k-o-nai | k-i-te | (來) |
| suru | s-u-ru | s-i-masu | s-i-nai | s-i-te | (做) |

Special conjugation

(1)DF　　　　　ないF　　　　てF

　ar-u(有)　　　nai(沒有)

　ik-u　　　　　　　　　　　i-t-te　　　(去)

　to-u　　　　　　　　　　　to-u-te　　(問)

(2)sinzuru→→sinziru (miru group)　　　(相信)

　kinzuru→→kinziru (miru group)　　　(禁止)

　aisuru→→aisu (hanasu group)　　　(愛)

(2)動詞の基本変化 (動詞的基本變化)

助詞　DF　　　ますF　　ないF　　　　　てF

動詞 1

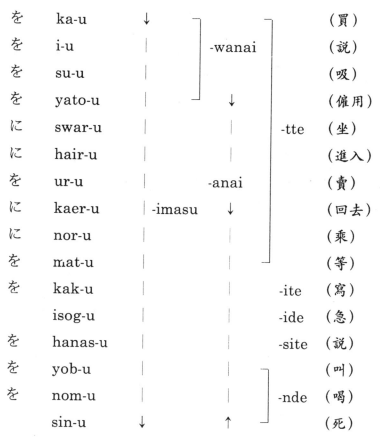

を	ka-u	↓			（買）
を	i-u		-wanai		（説）
を	su-u				（吸）
を	yato-u		↓		（催用）
に	swar-u			-tte	（坐）
に	hair-u				（進入）
を	ur-u		-anai		（賣）
に	kaer-u	-imasu	↓		（回去）
に	nor-u				（乘）
を	mat-u				（等）
を	kak-u			-ite	（寫）
	isog-u			-ide	（急）
を	hanas-u			-site	（説）
を	yob-u				（叫）
を	nom-u			-nde	（喝）
	sin-u	↓	↑		（死）

In case of Te F, the last consonant of DF stem is onitted. (變爲て形時，動詞原形詞幹最後一個音爲子音時，這個音就被省略，如 swar-u→swa-tte.)

動詞 2

を	tabe-ru	-masu	-nai	-te	（吃）
を	mi-ru				（看）

動詞 3

を	su-ru	simasu	sinai	site	（做）

を　　ku-ru　　kimasu　konai　　kite　（来）

※ 日本語を正しく使うために助詞は非常に重要なので、動詞と特定の助詞の組合せを動詞の変化を勉強するとき正確に覚えておくと、とても役に立ちます。このため、動詞の変化表に助詞を付けて示しました。

（正確使用日語助詞的學習是很重要的，學習動詞變化的同時，也將動詞與固定搭配的助詞記住的話，對於學習日語會有很大幫助。因此，在動詞變化表裡加進了助詞部分，以供學習參照。）

(3) ますF、てF，ないF，たいF，かのうFの作り方

（ます形、て形、ない形、たい形及可能形的構成法）

A.ますF

動詞 1 (u-V)〈DF 語幹＋i＋masu〉

助詞 DF（助詞）		DF stem＋i＋masu	Masu F	
を	ka-u	ka＋i＋masu	-imasu	（買）
を	mat-u	mat＋i＋masu	-imasu	（等）
が	wakar-u	wakar＋i＋masu	-imasu	（明白）
を	kak-u	kak＋i＋masu	-imasu	（寫）
	isog-u	isog＋i＋masu	-imasu	（急）
を	hanas-u	hanas＋i＋masu	-imasu	（説）
を	yom-u	yom＋i＋masu	-imasu	（讀）
	sin-u	sin＋i＋masu	-imasu	（死）

動詞 2 (ru-V)〈DF 語幹＋i＋masu〉

を	tabe-u	tabe＋masu	-(e)masu	（吃）
を	mi-ru	mi＋masu	-(i)masu	（看）

例外のI-Masu（KAMIDOKO）（ I-masu 的例外 ）

を	kari-ru	kari＋masu	karimasu	（借）
を	abi-ru	abi＋masu	abimasu	（淋浴）
を	mi-ru	mi＋masu	miasu	（看）
を	i-ru	i＋masu	imasu	（在）
が	deki-ru	deki＋masu	dekimasu	（能）
	oki-ru	oki＋masu	okimasu	（起）
を	ki-ru	ki＋masu	kimasu	（穿）
を	ori-ru	ori＋masu	orimasu	（下）

これらの動詞の初めを一緒に並べるど "kamidoko"
（かみどこ）となります。この言葉は古い時代の床屋のこ
とですから、I-masuの例外を覚えるのに便利です。

（ 將這些動詞的第一個音排列起來就成爲 kamidoko。這
個詞與古代的床屋〈發床屋〉發音爲 kamidokoya 意即
理髮店的發音一樣，用來記憶 I-masu 的例外很方便。）

(B) てF（て形）

動詞 1

ますF （ます形）	ますF （ます形）		てF （て形）	
～(i)masu	kaimasu	⌐	katte	（買）
～(ti)masu ～tte	matimasu		matte	（等）
～(ri)masu	wakarimasu	⌐	wakatte	（明白）

~(ki)masu	~ite	kakimasu	kaite	（寫）

※Exception

i(ki)masu	~tte	ikimasu	itte	（去）
~(gi)masu	~ide	isogimasu	isoide	（急）
~(si)masu	~site	hanasimasu	hanasite	（説）
~(mi)masu		yomimasu	yonde	（讀）
~(bi)masu	~nde	yobimasu	yonde	（叫）
~(ni)masu		sinimasu	sinde	（死）

動詞 2

~(e) masu	~ete	tabemasu	tabete	（吃）
~(i) masu	~ite	mimasu	mite	（看）

(3)ないＦ(ない形)

動詞１〈ＤＦ語幹＋a＋nai〉

DF	DF 語幹＋a＋nai	ないＦ	
mat-u	mat＋a＋nai	matanai	（等 → 不等）
wakar-u	wakar＋a＋nai	wakaranai	（明白 → 不明白）
kak-u	kak＋a＋nai	kakanai	（寫 → 不寫）
isog-u	isog＋a＋nai	isoganai	（急 → 不急）
hanas-u	hanas＋a＋nai	hanasanai	（説 → 不説）
yom-u	yom＋a＋nai	yomanai	（讀 → 不讀）
yob-u	yob＋a＋nai	yobanai	（叫 → 不叫）
sin-u	sin＋a＋nai	sinanai	（死 → 不死）

例外： "~a-u，~i-u，~u-u or ~o-u" で終る動詞

（例外： 以 "~a-u，~i-u，~u-u 或~o-u" 結尾的動

詞）

〈DF 語幹＋wa＋nai〉

~a-u ka-u　　ka＋wa＋nai kawanai　（買 → 不買）

~i-u i-u　　i＋wa＋nai　iwanai　　（説 → 不説）

~u-u su-u　　su＋wa＋nai swanai　　（吸 → 不吸）

~o-u yato-u yato＋wa＋nai　yatowanai　（僱用 → 不僱用）

動詞 2　（動詞 2）〈DF 語幹＋nai〉

tabe-ru　　　tabe＋nai　　tabenai　（吃 → 不吃）

mi-ru　　　　mi＋nai　　　mniai　　（看 → 不看）

(4)たいF（たい形）

動詞 1（動詞 1）〈ますＦ 語幹＋tai〉

（助詞）	ますＦ	語幹＋tai	助詞	たいＦ	
を	kai-masu	kai＋tai	を→が	kaitai	（買 → 想買）
を	mati-masu	mati＋tai	を→が	matitai	（等 → 想等）
が	wakari-masu	waari＋tai	が	wakaritai	（明白 → 想明白）
を	kakimasu	kaki＋tai	を→が	kakitai	（寫 → 想寫）
	isogi-masu	isogi＋tai		isogitai	（快 → 想快點）
を	hanasi-masu	hanasi＋tai	を→が	hanasiai	（説 → 想説）
を	yomi-masu	yomi＋tai	を→が	yomitai	（讀 → 想讀）
を	yobi-masu	yobi＋tai	を→が	yobitai	（叫 → 想叫）
	sini-masu	sini＋tai		sinitai	（死 → 想死）

動詞 2（動詞 2）〈ますＦ 語幹＋tai〉

を	tabe-masu	tabe＋tai	を→が	tabetai	（吃 → 想吃）
を	mi-masu	mi＋tai	を→が	mitai	（看 → 想看）

(5)かのうＦ (Can F)（可能形）

動詞 1（動詞 1）〈DF 語幹＋eru〉

	DF	語幹＋eru		かのう F	
を	ka-u	ka＋eru	を→が	kaeru	（買 → 能買）
を	mat-u	mat＋eru	を→が	materu	（等 → 能等）
が	wakar-u	(no special Can F)	が	wakareru	（明白 → 能明白）※
を	kak-u	kak＋eru	を→が	kakaeru	（寫 → 能寫）
を	isog-u	isog＋eru	を→が	isogeru	（快 → 能快點）
を	hanas-u	hanas＋eru	を→が	hanaseru	（說 → 能說）
を	yom-u	yom＋eru	を→が	yomeru	（讀 → 能讀）
を	yob-u	yob＋eru	を→が	yoberu	（叫 → 能叫）
を	sin-u	sin＋eru	を→が	sineru	（死 → 能死）

動詞 2（動詞 2）〈DF 語幹＋rareru〉

	DF	語幹＋rareru		かのう F	
を	tabe-ru	tabe＋rareru	を→が	taberareru	（吃 → 能吃）
を	mi-ru	mi＋rareru	を→が	mirareru	（看 → 能看見）
が	deki-ru	(no special Can F)	が	dekiru	（能做）※

（※wakaru, dekiru 這兩個詞本身包含可能的意思，所以它沒有可能形。）

4. 日本語の発音（日語的發音）

母音(ぼいん)Vowel
あ(a)　い(i)　う(u)　え(3)　お(o)
あ　い　う　え　お　　　い　え　あ　お　　　う
う　お　え　あ　い　　　あ　え　い　う　　　お
あ　お　え
あお、　いい、いえ、　うえ、いいえ
(藍色)、(好)、(家)、(上面)、(不)
ああ、あお　い　いい　いえ、あい　うえ　お。

子音(しいん)Consonant
○　か　き　く　け　こ　　　き　け　か　こ　く
　　こ　け　き　か　く　　　か　こ　き　く　け
　　か　こ　く
あか、　かお、き、　おおきい、かく、きく
(紅的)、(臉)、(樹)、(大的)、　(寫)、(聽)
きけ　かけ　きけ　かけ、かき　くけ　こ。
○　さ　し　す　せ　そ　　　し　せ　さ　そ　す
　　す　そ　せ　さ　し　　　さ　せ　し　す　そ
　　そ　さ　せ
あさ、　あし、うし、かさ、いす、　かお
(早晨)、(脚)、(牛)、(傘)、(椅子)、(臉)

しし さし しし しす、さし すせ そ。
○ た ち つ て と 　 た て ち つ と
　 つ と て た ち 　 た て ち と つ
　 て た と
て、 くち、 くつ、 とけい、 した、 　そと、
（手）、（嘴）、（鞋）、（錶）、 （下面）、（外面）、
いち、 あした、
（一） （明天）
たてと とた てた た、たち つて と。
○ な に ぬ ね の 　 　に ね な の ぬ
　 ぬ の ね な に 　 な ね に ぬ の
　 ね な の
ねこ、 いぬ、 おなか、 せなか、 に、 　なく
（貓）、（狗）、（肚子）、（後背）、（二）、（哭）
なに なに のに ねた、なに ぬね の。

まとめ　I(小結 I)
あ い う え お 　 か き く け こ
さ し す せ そ 　 た ち つ て と
な に ぬ ね の 　 あ か さ た な
い き し ち に 　 う く す つ ぬ
え け せ て ね 　 お こ そ と の
○ は ひ ふ へ ほ ひ へ は ほ ふ
　 ふ ほ へ は ひ は へ ひ ふ ほ

は　ほ　ふ

は、　はこ、　はな、ふね、ほし、はい、はなす
（牙）、（箱子）、（花）、（船）、（星）、（是）、（説）
はは　はは　は　ほほ　ほほ　ほ、はひ　ふへ　ほ。
○　まみむめも　みめまもむ
　　むもめまみ　まめみむも
　　もまめ

みみ、　あたま、むね、つめ、　め、　かみ、　うみ、まえ
（耳朶）、（頭）、　（胸）、（指甲）、（眼）、（頭髪）、（海）、（前面）
まま　も　もめ　もめ、まみ　むめ　も。
○　や（い）ゆ（え）よ　いえやよゆ
　　ゆよえやい　やえいゆよ
　　やよゆ

やま、よこ、　へや、　ゆき、よい
（山）、（旁邊）、（屋子）、（雪）、（好的）
いい　え　いい　ゆよ、やい　ゆえ　よ。
○　らりるれろ　りれらろる
　　るろれらり　られりるろ
　　るろれ

さる、　からす、よる、ひる、　うしろ、ねる
（猴子）、（烏鴉）、（夜）、（白天）、（後面）、（睡覺）
おきる、さくら
（起床）、（櫻花）
れろ　れろ　らり　る、らり　るれ　ろ。

○ わ(い)（う）（え）を　い　え　わ　を　う
　　う　を　え　あ　い　　わ　え　い　う　お
わ　お　う
かわ、わたし、わるい、わらう、すわる
(河)、(我)、　(壊的)、(笑)、　(坐)
○ ん　ほん、はんかち、かん、さん
　　　　(書)、(手絹)、　(罐)、(3)

まとめII（小結 II）
は　ひ　ふ　へ　ほ　　ま　み　む　め　も
や　い　ゆ　え　よ　　ら　り　る　れ　ろ
わ　い　う　え　を　　ん
は　ま　や　ら　わ　ん　ひ　み　い　り　い
ふ　む　ゆ　る　う　　　へ　め　え　れ　え
ほ　も　よ　ろ　を
だくおん、はんだくおん(two dots, one circle sounds)
(　濁音、半濁音　)
○ が　ぎ　ぐ　げ　ご　　ぎ　げ　が　ご　ぐ
　　ぐ　ご　げ　が　ぎ　　が　げ　ぎ　ぐ　ご
　　げ　が　ご
かぎ、　めがね、けしごむ、みぎ、ひげ、　りんご
(鑰匙)、(眼鏡)、(橡皮擦)、(右)、(鬍子)、(蘋果)
やなぎ、ぎんこう
(柳樹)、(銀行)

○　ざ　じ　ず　ぜ　ぞ　　じ　ぜ　ざ　ぞ　ず
　　ず　ぞ　ぜ　ざ　じ　　ざ　ぜ　じ　ず　ぞ
　　ぜ　ざ　ぞ

みず、かぜ、にほんじん、〜じん、ぜろ
(水)、(風)、(日本人)、　(〜人)、(零)

○　だ　ぢ　づ　で　ど　　ぢ　で　だ　ど　づ
　　づ　ど　で　だ　ぢ　　だ　で　ぢ　づ　ど
　　ど　だ　で

でんわ、まど、　でんき、ひだり
(電話)、(窓戸)、(電)、　(左)

○　ば　び　ぶ　べ　ぼ　　び　べ　ば　ぼ　ぶ
　　ぶ　ぼ　べ　ば　び　　ば　べ　び　ぶ　ぼ
　　べ　ば　ぼ

かばん、へび、ゆび、　しんぶん、かべ
(包)、　(蛇)、(手指)、(報紙)、　(牆)

○　ぱ　ぴ　ぷ　ぺ　ぽ　　ぴ　ぺ　ぱ　ぽ　ぷ
　　ぷ　ぽ　ぺ　ぱ　ぴ　　ぱ　ぺ　ぴ　ぷ　ぽ
　　ぱ　ぽ　ぺ

えんぴつ、ぴあの、ぱん、　ぱいぷ
(鉛筆)、　(鋼琴)、(麵包)、(管子)

ようおん(Contracted Sounds)(拗音)
　　　　や　ゆ　よ　　　　や　ゆ　よ
き　きゃ　きゅ　きょ　　ぎ　ぎゃ　ぎゅ　ぎょ
し　しゃ　しゅ　しょ　　じ　じゃ　じゅ　じょ

ち　ちゃ　ちゅ　ちょ
に　にゃ　にゅ　にょ
ひ　ひゃ　ひゅ　ひょ　　　　び　びゃ　びゅ　びょ
　　　　　　　　　　　　　　ぴ　ぴゃ　ぴゅ　ぴょ
み　みゃ　みゅ　みょ
り　りゃ　りゅ　りょ

　　じてんしゃ（自行車）、かいしゃ（公司）、としょか
　　ん（圖書館）、ひゃく（一百）、きんぎょ（金魚）、
　　しゃしんき（照像機）、あくしゅ（握手）
つまるおん（そくおん）(Double Consonant)（促音）
　　きって（郵票）、きっぷ（票）、かっぷ（杯子）、こっ
　　ぷ（杯子）、ざっし（雜誌）、せっけん（肥皂）
ながいおん（ちょうおん）（長音）(Long Vouwel)
　　おばあさん（祖母）、おじいさん（祖父）、おとうさん
　　（父親）、おかあさん（母親）、おにいさん（哥哥）、
　　おねえさん（姐姐）、ていぶる（桌子）、れいぞうこ（冰
　　箱）、きゅうり（黄瓜）、ぎゅうにゅう（牛奶）、きょう
　　かしょ（教科書）、じゅぎょう（上課）、ちゅうしゃ（停
　　車、注射）、ゆうびんきょく（郵局）、がっこう（學校）、
　　ぎんこう（銀行）、びょういん（醫院）
アクセント（重音）
　　あめ↑　　あめ↓　　はし↑　　はし↓
　　（糖果）　（雨）　　（橋）　　（筷子）

まとめⅢ(小結 Ⅲ)

清音と濁音(せいおんとだくおん)（ 清音與濁音 ）

    かーが、 かきーかぎ、 にしーにじ、ふたーぶた、

    (蚊ー蛾)、(柿子ー鑰匙)、(西ー彩虹)、(蓋子ー豬)

    はけーはげ、 ここーごご、 しょうぎーじょうぎ、

    (刷子ー禿頭)、(這裡ー午後)、(象棋ー尺)、

    はんー ばんー ぱん

    (半ー晚上ー麵包)

にていることば(相似語)

    いしゃー いしや、 おじさんー おじいさん、

    (大夫ー石匠鋪)、(叔父ー祖父)

    おばさんー おばあさん、 びょういんー びよういん、

    (姨媽ー祖母)、 (醫院ー美容院)

    しゃしょうさん、ー しゃちょうさんー しょちょうさん

    (列車長ー社長ー所長)

はんたいのことば(反義詞)

    くろ←→しろ、まえ←→うしろ、うえ←→した、

    (黑 ←→ 白)、(前 ←→ 後)、 (上 ←→ 下)、

    かれ←→かのじょ、おじいさん←→おばあさん、

    (他 ←→ 她)、 (祖父 ←→ 祖母)、

    しろい←→くろい、おおきい←→ちいさい、

    (白的 ←→ 黑的)、 (大的 ←→ 小的)、

    わらう←→なく、ねる←→おきる

    (笑 ←→ 哭)、 (睡覺 ←→ 起床)

ぶんるい（分類）

あか、あお、くろ、しろ	（いろ）
（紅）、（藍）、（黒）、（白）	**（顔色）**
いす、　つくえ、ほん、みず、とけい	（もの）
（椅子）、（桌子）、（書）、（水）、（表）	**（物）**
せんせい、せいと、にほんじん	（ひと）
（老師）、　（學生）、（日本人）	**（人）**
いぬ、ねこ、うし、からす、へび	（どうぶつ）
（狗）、（貓）、（牛）、（烏鴉）、（蛇）	**（動物）**
さくら、やなぎ、き、　はな	（しょくぶつ）
（櫻花）、（柳樹）、（樹）、（花）	**（植物）**
いえ、　がっこう、　ゆうびんきょく	（たてもの）
（房子）、（學校）、　（郵局）	**（建築物）**
じてんしゃ、じどうしゃ、ふね	（のりもの）
（自行車）、（汽車）、　（船）	**（交通工具）**
とうきょう、おおさか、ぺきん	（ばしょ）
（東京）、　（大阪）、　（北京）	**（地點）**
にほん、ちゅうごく、アメリカ	（くに）
（日本）、（中國）、　（美國）	**（國家）**
まえ、うしろ、なか、うえ、した	（いち）
（前）、（後）、　（中）、（上）、（下）	**（位置）**
いち、に、さん、し（よん）、ご	
(1)、　(2)、　(3)、　(4)、　　(5)	
ろく、しち（なな）、はち、く（きゅう）	（すうじ）

(6)、　(7)、　(8)、　(9)　　　　　　　　　　　　　（數字）

じゅう、ひゃく、せん

(10)、　(100)、(1000)

わたし、あなた、かれ、かのじょ　　　　　（人の代名詞）

（我）、　（你）、　（他）、（她）　　　　　　　（人稱代詞）

あかい、あおい、おおきい、ちいさい(いーけいようし)

（紅的）、（藍的）、（大的）、　（小的）　　　　　（い形容詞）

はなす、かく、わらう、なく、ねる、おきる　（どうし）

（説）、　（寫）、（笑）、　（哭）、（睡覺）、（起床）（動詞）

5. ローマ字（日本式）（羅馬字〈日本式〉）

	a	i	u	e	o			
k	ka	ki	ku	ke	ko	kya	kyu	kyo
s	sa	si	su	se	so	sya	syu	syo
t	ta	ti	tu	te	to	tya	tyu	tyo
n	na	ni	nu	ne	no	nya	nyu	nyo
h	ha	hi	hu	he	ho	hya	hyu	hyo
m	ma	mi	mu	me	mo	mya	myu	myo
y	ya	i	yu	e	yo			
r	ra	ri	ru	re	ro	rya	ryu	ryo
w	wa	i	u	e	wo			
n	n							
g	ga	gi	gu	ge	go	gya	gyu	gyo
z	za	zi	zu	ze	zo	zya	zyu	zyo
d	da	di	du	de	do	dya	dyu	dyo
b	ba	bi	bu	be	bo	bya	byu	byo
p	pa	pi	pu	pe	po	pya	pyu	pyo

1. 長音は　を付けて示す。（長音用表示。）
2.Tokyô つまる音は次のように示す。（促音如下表示）
kitte（郵票），kippu（車票），zassi（雜誌）

索　引

参考文献

書　　　名	発行所	著　　者
たのしい日本語の文法	一光社	児童言語研究会
外国人に教える日本語の文法	同上	鈴木大吉
日本語の文法　上下	国語研究所	同左
日本語の特色	文化庁	同左
外国人に教える日本語文法入門	オンタイム出版 創拓社	江副隆秀
日本語を外国人に教える日本人の本	同上	同上
日本語直接教授法	同上	永保澄雄
日本語の生態	同上	水谷　修
わかる日本語の教え方	評論社	今井幹夫
あなたとわたしの日本語	同上	同上
日本語教授法入門	パナリンガ出版	長島達也
口語の文法	秀英出版	岩淵岩太郎他
日本文法	桜楓社	寺村秀夫他
話しことばの文法	くろしお出版	水谷信子
基礎日本語文法	同上	増岡・田窪
日本語の書きかたハンドブック	同上	稲垣滋子

「ボクハウナギダ」の文法	同上	奥津敬一郎
日本語と日本語教育一文法編	文化庁	同左
日本語教授法の諸問題	同上	同左
中・上級の教授法	国立国語研究所	同左
日本語動詞のアスペクト	すぎ書房	金田一春彦
日本語の作文技術	朝日文庫	本田勝一
日本語相談一〜五	朝日新聞	大野、丸谷、大岡、井上
日本人と日本語	築摩書房	野元菊雄
日本語文法	新潮文庫	井上ひさし
日本語　表と裏	新潮社	森本哲朗
日本語　根ほり葉ほり	同上	同上
日本人の知らない日本語	市井社	富田隆行
日本語の文法を考える	岩波新書	大野　普
日本語	同上	金田一春彦
日本語の構造	同上	中島文雄
敬語	同上	南　不二男
日本語は面白い	講談社	草薙　裕
正しいようで正しくない敬語	同上	奥山益朗
スワードさんの日本語ノート	英潮社	ジャック　スワード

文法の基礎知識とその教え方	凡人社	富田隆行

※ 上記の他、拓殖大学日本語教師養成講座における諸
　先生方の講義に基づいて作成した個人ノートは大いに
　この本の作成に役立ちました。

〈 本書作成の個人メモ 〉

○　です文
　　学校文法では名詞文「 何が何だ 」、形容詞文「 何が
　　どんなだ 」、動詞文「 何がどうする 」に分類されま
　　すが、わかり易いことを基本に、です文をA＝Bの
　　イコール文 1、2、3としました。この方法で教えて
　　みると外国人によく理解されています。

○　名詞・形容詞
　　形容動詞をな・に名詞とし、またする名詞の導入は
　　初心者の指導に有効でした。これらは江副隆秀氏の
　　上記著書を参考にしました。

○　あります・います文
　　文型からは動詞文ですが、利用度が高いので存在文
　　として独立させました。
　　1型：主語は場所にある／いる。2型：場所に主語
　　がある／いる。は中国語で1型が動詞「 在 」、2型
　　「 有 」を使うことから、この区分で教えると理解度
　　が高くなりました。

所有の「ある・あります」は本書で説明していない。

○　い形容詞の特別の使い方
「その犬は大きい」が断定の助詞なしで使用されるのは、中国語の形容詞述語文と同じ表現方法と考えました。中国語の場合は動詞「是」を用いない。

○　たいＦ助詞は→が
「日本語を話します。→日本語が話したい。」を標準的として本書にて説明しましたが、日常会話では「日本語を話したい。」の使用も多く、歴史的にみても「たいＦ」で「を」使うことも認められています。なお、動詞が複合動詞の場合、補助動詞の付いた場合は「を」の使用が標準的です。
「今年は車を買い替えたい。」、「キャビヤを食べてみたい。」など

○　パーソナルスペース
山梨医大、渋谷助教授、アメリカ文化人類学者エドワード・Ｔ・ホール氏の新聞記事を参照。

○　短縮使役形：日本語初歩　改訂文法説明　北海道大学日本語研究会

國家圖書館出版品預行編目資料

新編日語語法語會話基礎/橫山皖一編著.--
　初版.--臺北市：鴻儒堂，民 90
　面；公分
　參考書目：面
　含索引
　ISBN　957-8357-39－7(平裝)
　1.日本語言─文法

803.16　　　　　　　　　　90015682

新編日語語法與會話基礎

定價：250 元

2001 年(民 90 年)10 月初版一刷
本出版社經行政院新聞局核准登記
登記證字號:局版臺業字 1292 號

編　著　者：橫山皖一
發　行　人：黃成業
發　行　所：鴻儒堂出版社
地　　　址：台北市中正區 100 開封街一段 19 號二樓
電　　　話：23113810・23113823
電 話 傳 真 機：23612334
郵 政 劃 撥：01553001
E — mail：hjt903@ms25.hinet.net